異世界の後宮に輿入れですか!?

主上、后のおつとめはお断りです！

★

ルネッタブックス

CONTENTS

Lunetta

1

……夢じゃない——。

ひときわ壮麗な宮殿の広間に連れてこられた深雪《みゆき》は、突き当たりの玉座に座る相手を、呆然《ぼうぜん》と凝視《ぎょうし》した。

この世界で目覚めてはや十日、当初の混乱が収まったわけでも、納得できる理由を見つけたわけでもないけれど、どうやら現実らしいのは認めざるを得ない。ここは現代日本ではなく、『銀龍金蓮《ぎんりゅうきんれん》』の世界のようなのだ。

『銀龍金蓮』というのは、深雪が漫画やアニメ、ゲームとオタク街道をひた走るきっかけとなった中華系ファンタジー小説だった。ヒロインの名前が深雪《しんせつ》といい、読み方こそ違ったけれど同じ漢字だったので、よりのめり込んで耽読《たんどく》した。

作中でヒロインは結婚するのだが、その相手というのが菱《りょう》国の王・廉威《れんせい》——今、目の前にいる相手だ。

挿絵の廉威は万人受けするイケメンで、加えて小説の描写によると、長身でバランスのとれた逞《たくま》しい体躯《たいく》の、勇猛果敢《ゆうもうかかん》な若き国王だ。隣国から政略結婚で嫁《とつ》いできた深雪《しんせつ》を優しく、時に厳しく導き、ピンチにおいては己の身を挺して助ける、テッパンヒーロー。

それが……この人……？

深雪にとっての廉威は、いくつかの挿絵と小説内の描写から想像したものでしかなかった。それがリアルに同じ人間として存在していることに衝撃を受ける。

ほんとにいたんだ……。

きりりとした眉の下の双眸《そうぼう》は切れ長で、まっすぐな鼻筋と引き締まった口元といい、パーツと配置が完璧だ。艶《つや》やかな黒髪をハーフアップ風に髷《まげ》を結っていた。イラストで見知っていた髪型と同じだが、こちらのほうが無造作というか、ほつれ毛が額や頬にこぼれている。しかしそのラフさが、端整な容貌に色を添えていた。

浅葱《あさぎ》色の衣に、藍《あい》色に銀糸の刺繍を施した袖なしの丈の長い上衣を重ね、裳《しょう》を身に着けている。座っているので定かではないが、身長も高そうだ。

現実なのだから小説を引き合いに出してはいけないのだろうけれど、小説のキャラ以上だと思ってしまう。なによりきりりとしたイケメンぶりは、二次元に勝るとも劣らない。

「莞《げん》国公主・深雪《しんせつ》さまのお越しでございます」

遠く聞こえた声に、深雪は我に返った。

そう、深雪がどういうわけかこの世界に深雪《しんせつ》として存在し、このように廉威と顔を合わせているのは、彼の妻となるためだ。

妻……！　いや、知ってた。知ってたけど……なにしろ気がついたときには、菱へ向かう輿《こし》入《い》れの最中だったし。

それでもリアル廉威と対峙《たいじ》するまではどこか他人事だったのだと、今は思う。せいぜいが、思いきりヒロインに自己投影して小説を読んでいるような気分でしかなかったのだ。

しかしここに来て、廉威と結婚するのが生身の自分自身だと、急速に現実が身に迫ってきた。いいのだろうか、それで。姿こそこの世界の深雪《しんせつ》そのものらしいけれど、中身は現代日本で生活していた篠沢《しのさわ》深雪《みゆき》でしかないのに。

っていうか、私はそれでいいの⁉　そりゃあ喪女には言葉を交わすどころか、間近で姿を拝むのすら恐れ多いようなイケメンだけど……初対面だよ？　それなのに結婚しちゃっていいわけ？

百歩譲って、この世界での貴人同士はほぼ政略結婚で、相手を見るのもそのときが初めてなのが当たり前だとしても、別世界からやってきた深雪に実行しろというのは無理な話だ。

政略結婚なんてドラマティック！　そこから愛が芽生えるなんて、さらにファンタジック！

……なんて思ってた過去の私の愚か者！

いざ己の身に降りかかってみれば、ドラマティックだのなんだの言っている場合ではなかった。相手がリアルイケメンだろうと、無理だ。いや、この場合リアルイケメンだからこそ、ハードルが高すぎるというか。

自慢ではないけれど、小説、コミック、アニメ、ゲームと数々のロマンスを制覇してきた深雪だが、現実世界では異性と手を握り合ったこともなければ、デートすらしたことがない。正直に言おう、クラスメイト相手でも、満足に会話できたことがない。

出発点はふつうに平均的な女子で、いずれ彼氏と楽しい青春を送るのだと、漠然と憧《あこが》れていた――と思う。それが積極性に欠ける性格が災《わざわ》いして、創作物を堪能することに傾いた生活を送るうちに、すっかりリア充とは一線を画してしまった。しかしなんだかんだと創作世界は楽しく、そこで空想にふけることで満足するようになってしまった。

そんな生活態度も見た目も地味だった自分が、今は一国の公主であり、十七歳（！）の美少女・深雪《しんせつ》だ。初めて今の自分の姿を確認したときの驚きは、記憶に新しい。この世界の審美眼的にはどうなのかわからないけれど、深雪個人の感想としては、アイドルにもなれそうなくらい可愛《かわい》かった。ぱっちりとした双眸と、つんとした鼻、小さくふっくらとした唇のバランスがよく、高貴な雰囲気がにじみ出ていた。さすがは歴史ある国の公主と感心したものだ。

由緒ある王家のお姫さまとして大切に育てられてきただろうことは、触れた肌のかつて感じたことのないスベスベ感からも窺《うかが》えた。定期的にエステに通ってケアしたら、こんな美肌が手に入るかもしれない。

しかも、かなりのナイスバディである。ウエストは内臓が入っているのだろうかと疑いたくなるくらいきゅっとくびれているし、張り出した胸の膨《ふく》らみで足元が見えない。これで十七歳かと思うと、二十三歳篠沢深雪は立つ瀬がない。

そんなふうに過去の自分とのギャップに一喜一憂《いっきいちゆう》していたことからもわかるように、中身は篠沢深雪のままだ。目の前の廉威との間に、『銀龍金蓮』のようなロマンスが生まれるとは思えない。生まれないだけならまだしも、粗相の末に廉威の不興を買って、莞に送り返されるとか、最悪の場合、国同士の争いに発展したりしたら、どうすればいいのか。

悪い想像ばかりが頭を巡り、間近にイケメンを拝むまたとない機会ながら、まったく堪能できない。そんな深雪の前に、玉座を離れた廉威が近づいてきた。

うっわ、近っ……っていうか、いい匂い……。

二次元世界ではどうやっても知り得ない感覚に、深雪は我を忘れて立ち尽くす。間近に迫った廉威は、深雪より余裕で頭ひとつ分長身だった。

「公主さま、お控えくださいまし」

背後に控えていた深雪付きの女官に、小声で諌《いさ》められた。菱の国王をぶしつけに見すぎだということだろう。

「あ……ご無礼を——」

「いい、許す」

初めて聞いた廉威の声は、低音ながらよく通る美声だった。

それにしても声までいいなんて、どんだけハイスペックなのよ。創作物のヒーローなら当然だけど、生身の男の人なのに……。

「なにを考えている？」

いきなり問われて、深雪は慌《あわ》てた。なにしろリアルに男性と言葉を交わすなんて、プライベートでは皆無に近い。

「えっ、いえ、そのイケメンだと——」

「いけめん？」

「あっ、じゃなくてええと……姿がよくていらっしゃるなあ、と……」

「ああ、よく言われる。というか、事実だな」

額に手を当ててふっと笑った廉威の表情は、そんな称賛は聞き飽きたと言わんばかりだ。

……あれ？

思いきり肯定が返ってきて、深雪は唖然《あぜん》とした。いや、否定されたところで事実に揺らぎはないのだが、あっさり認めるのも性格的にどうなのか。

「この国に俺以上の男前はいないと自負している。それだけではない、身分も財力も文武の能力も、敵《かな》う者なしだ」

胸を張ってそう言う廉威を、深雪は引き気味に見上げた。

ここの廉威って、こういう感じなの……？　銀龍のイメージと違うんだけど……。

悪い意味で自信家というか、いけ好かないタイプというか。小説の廉威はあくまで創作物としての理想形であって、現実はこんなものだと言われればそうなのかもしれないが。

とにかく舞い上がり気味だったテンションが落ち着いてきたのもつかの間、深雪の顎《あご》を廉威の指が捉えた。

さ、触られた！

家族以外の異性との接触なんて十年以上ご無沙汰《ぶさた》で、硬直した深雪を、廉威が覗き込んできた。

「そなたも噂《うわさ》に違わぬ美姫ではないか。それに俺を前にして怯《ひる》むことなく見返すなど、なかなか肝《きも》も据《す》わっているようで面白い。退屈せぬ后《きさき》になりそうだ」

……な、なに？　なに言ってるの？　っていうか、だんだん近づいてない？　顔が……。

イケメンとは近づけば近づくほど威力を増すもののようで、深雪はただ呆然と廉威を見返していたが、鼻先に吐息を感じた瞬間、呪縛が解けたかのように両手を突き出した。

「主上《しゅじょう》……！」

「公主さま！」

広間にずらりと並んだ重臣や女官らが、息を呑《の》む音がした。さらに背後に控えていた警備兵が得物《えもの》を握り構える。

それらを、廉威は片手を軽くひと振りして制した。

「まとまるものもまとまらぬ。ふたりきりで親交を深めるとしよう」

そう言って深雪の肩を抱くと歩き出し、広間を出ようとする。臣下たちはなにか言いたげに歩み寄ろうとしたが、「じゃまするな」という廉威のひと言に引き下がった。

篠沢深雪は関東北部の地方都市で育った。

三姉妹の真ん中というポジションが影響したのかどうかは不明だが、幼いときから手のかからない子どもだったという。本を与えておけば、何時間でもその場でじっと読みふけっていたらしい。

すでに文学少女というキャラクターが定着した中学時代、そこにコミックやアニメ、ゲームが加わってオタク街道を進み始める。ひと口にオタクといってもジャンルは多岐にわたるが、深雪の場合はもっぱら男女のロマンスものに傾倒した。

女子高女子大と進んだこともあってか、興味や憧れはあっても実際に異性と巡り会う機会も積極性もなく、ひたすら創作物の世界を掘り進んでいく学生時代だった。周囲がデートだなんだと色めき立つ中でも、空想の世界で遊ぶのはそれなりに、いや、かなり楽しくて、喪女なんて呼称をいただきつつも、個人的に充実しているのだからそれでいいじゃないかと思っていた。

今さら現実世界で勝負するのが億劫《おっくう》でもあり、自信もなかったのかもしれない。自分からアクションを起こさなくても、いずれ私だけの王子さま――とまではいかなくても、それなりにつり合う相手が現れるだろうと、創作物に悪い意味で影響された思考回路になっていた。

しかしそう都合よく相手と巡り会うこともなく、新卒で銀行に就職したのが今年の春のこと。今のところ残業もほぼなく、きっちり休日もあり、余暇を存分に満喫できる毎日だ。確実な収入と余暇の確保という条件に的を絞った就職活動は、狙いどおりだったと言えよう。

そんな中で、『銀龍金蓮』の続編が一年ぶりに刊行され、深雪は足取りも軽く帰路についていた。折からの雨と、雷の音まで聞こえてきたが、トートバッグの中には買い求めた新刊が入っていると思うと、なんのことはない。

あ、湿気でよれよれになってないかな？　下のほうに押し込んできたけど……。

帰宅したら真っ先に入浴して、夕食は時短優先でレトルトのカレーで――と段取りを考えながら、信号が青に変わるのを待っていると、夜空に特大のひび割れのような稲妻が走った。そのあまりの大きさと眩《まぶ》しさに、一瞬景色が白く飛ぶ。

「きゃっ……」

思わず目を閉じて身を捩《よじ》ると同時に、ものすごい轟音《ごうおん》が響いた。かなり近くに雷が落ちたのではないだろうか。

やだ、もうびしょびしょ――。

一瞬傘を揺らしてしまったせいで、バッグを濡らした雨を拭《ぬぐ》おうとして、またしても強い光を感じた。続けざまに稲妻だろうか、しかしそれにしては角度がおかしいと傘の陰から目を向けた深雪は、煌々《こうこう》と照りつけるライトを浴びていた。トラックだと気づいたときには、その巨体が眼前に迫り、深雪に激突し――。

激しい痛み、息苦しさ、そんなものを感じたのもわずかな間で、すぐにブラックアウトした。

――それ以降の篠沢深雪としての記憶はない。いや、今も、おまえは誰だと訊《き》かれたら、篠沢深雪だと答えたいのだけれど、姿と現状は違う。

次に気づいたときには、深雪は四角く狭く、やたら豪奢《ごうしゃ》な箱の中にいた。格子《こうし》状の窓がついていて、そこから薄暗い山の中のような景色が見えた。雨も降っていて、遠雷が轟《とどろ》いていた。

え……？　ええっ？　ここ、どこ……？

「姫さま！　大事ございませぬか？」

窓の外から声がかかった。乳母の鶯明《おうめい》だ——と思いかけ、なぜそれを知っているのかと、自問する。

……え？　だって菱へ向かってる途中だし、この谷を抜ければ珀《はく》川の離宮が……——。

そこから情報が怒涛の勢いで湧いてくる。中でも最大の衝撃は、自分が深雪《しんせつ》だということだった。

深雪《しんせつ》って……銀龍のヒロインじゃない！　そんなばかな！　あれはフィクションでしょ？

しかし深雪の頭の中には、この世界の情報や知識、歴史その他が現実として詰まっていた。それも『銀龍金蓮』を読んだだけでは知る由もない、事細かな日常のあれこれも、記述されていなかった他国の名称やその歴史も。

真っ先に思い浮かんだのは、きっとこれは夢だということだった。しかし、よくも悪くも生々しいほどにリアルなのだ。雨で湿気た輿——輿だろう、間違いなく。作中で深雪《しんせつ》は輿に乗り、行列を作って菱へ嫁いでいった——の息苦しさと蒸し暑さ。

「姫さま……？」

格子戸の向こうに影が立った。年配女性はやはり鶯明だ。ぼんやりと映る顔形は記憶どおりだった。

「ああ、だいじょうぶよ。大きな雷だったわね」

半ば勝手に口が動いて、後から深雪ははっとした。そうだ。ここで目覚める直前、大きな稲光があったのだ。身体ごと揺さぶられるような雷鳴も。

深雪が元の世界で意識を途切れさせたのも、稲妻と雷だった。間髪《かんはつ》容《い》れずにトラックにぶつかり、尋常ではない痛みを感じながら、こんなことになってしまって『銀龍金蓮』の新刊はいつ読めるのだろうと思っていた気がする。

まさかその執着《しゅうちゃく》が、こんな夢を見せているのだろうか。

……いや、夢じゃないのかも……。

夢よりももっとピタリとくる言葉を、深雪は知っているのだ。小説や漫画の中ではこういう現象を、転生とか憑依とかいう。それぞれ定義は異なり、また一部被ったり、創作者によって新たな定義が加えられたりするが、ざっくり言うとある個人がまったく別の人間になり替わってしまう。家族の誰かだったり隣人だったりと身近なものから、それこそ時空を超えたり、果ては小説やゲームのキャラクターだったり。深雪の現状をまさに言い当てている。

だがしかし、それはあくまで創作物における設定だ。深雪はオタクの末席を汚す者として、リアルと創作を一緒くたに捉えてはいけないと、常々己に言い聞かせていた。

でも、じゃあどういうことだってことになると、他に説明のしようもないんだけど……。

それに、こうなったということは、元の自分はどうなったのだろう。最後の状況からして、死んだ可能性が高いだろうか。人間に限らず生き物は、己の死を確実に知るのは不可能だ。しかし正面からトラックに轢《ひ》かれて、命が無事だったとは考えにくい。

うう……オタク街道を突っ走って、社会的な貢献のひとつもしないまま……しかも今わの際に思ってたのも、新刊が読めないことなんて……親不孝だなあ。

しかし転生というのは、おぎゃあと生まれたときから前世の記憶があるわけではないのか。まあ、思慮深い赤ん坊なんて不気味ではあるが。なにかの拍子に前世の記憶が蘇《よみがえ》ったというのが深雪の状態なのだろうか。

なにしろパターンが多すぎて、どれに当てはまるのかわからない……憑依、の可能性もあるのかな？

魂になってふわふわしてるところを、偶然『銀龍金蓮』の世界を発見して、新刊未読の心残りのあまりに引き寄せられてしまった、とか。そうなると本来の深雪《しんせつ》の身体を乗っ取ってしまったことになり、非常に申しわけない。

考えてみれば転生だとしても、前世を思い出したからといって元のキャラクターが消えるわけではないと思うのだ。しかし今のこの身体の中身は、まるっと深雪だ。深雪《しんせつ》の自我はどこに行ってしまったのだろう。深雪が出張っているせいで、隅っこに追いやられて小さくなっているのか。

まあ憑依ならば、そのうちこの身体から離れることもあるだろう。本物にはしばらく我慢してもらうしかない。なにしろ深雪自身にもどうすることもできないのだから。その代わりといってはなんだけれど、深雪《しんせつ》が復活したときに齟齬《そご》が生じないように、できるだけちゃんと振舞うと約束する。

とりあえず方針をまとめて、深雪は動き出した輿の中で、そっと自分の顔に触れた。慣れ親しんだ感触とは違う。鏡がないのが残念だが、たぶんかなり美形なのではないだろうか。長い髪はなめらかにまっすぐで、両頬に沿って金糸を編み込んで垂らしている。

白魚のような指とはこのことかと、両手をしげしげと見つめた。形のいい爪は、木の実の汁でほんのりと染められていた。

うわー……リアル銀龍だ……しかもヒロイン役……。

衝撃が大きすぎて、とりあえず今は前向きに気軽に、事態を受け止めるしかなかった。

その後、深雪《しんせつ》の母国である莞と、嫁ぎ先となる菱の国境を流れる珀川の中州に建つ離宮で、深雪は行列に付き添ってきた従者から、菱の迎えに引き渡された。

この辺りの流れは小説どおりだったので大きな混乱もなかったが、その分、物思いにふける時間もあって、自分がすでに死んでいるかもしれない状況が気になった。遺体はどんな状態だったのだろうかとか、家族はそれを見てどう感じただろうかとか。自分はこうしているので死んだという実感はないけれど、家族には本当に申しわけない。

さらに、今後についての予習も怠《おこた》らなかった。といっても、小説を思い出したのと、深雪の記憶とのすり合わせしかやりようがなかったけれど。

世界観は『銀龍金蓮』とほぼ同じだ。

深雪《しんせつ》は建国四百年を誇る莞の国王の長女――公主で、十七歳になる。

長き時代にわたり周辺諸国を従えて繁栄してきた莞だったが、八十年ほど前に周利山《しゅうりさん》を挟んだ地にあった同盟国の庸《よう》が、新興国・菱によって滅ぼされた。肥沃《ひよく》な土地を活用した農業国であった庸を失い、また周辺国も菱につられるように不穏な動きを始めたここ数十年、莞は緩やかな衰退を余儀なくされていた。

これまでは国境付近で睨《にら》み合う程度で緊張感を保っていたが、騎馬民族を祖とする菱は機動力に優れた軍を持つ。ひとたび戦が起これば、数では上回る莞といえども苦戦を強いられるのは明らかだった。

いずれ戦いは避けられないとしても、少しでも先延ばしして有事に備えたいと恐々としていた莞の朝廷に、菱の特使がやってきたのは半年ほど前のことだ。すわ開戦かと浮足立った莞の臣下の前で菱の特使が読み上げたのは、菱の国王・廉威と莞の公主・深雪《しんせつ》の婚姻の申し入れだった。

なにか企《たくら》んでいるのではないかとか、体《てい》のいい人質ではないかとか、深雪の父である国王も含めて朝廷は揉《も》めに揉めた。しかし断ることで事態が悪化するのは想像に難くなく、菱からの催促が届いたのを機に、同意の返事を送った――。

夫となる廉威は急逝した四代目国王の後を継ぎ、二十八歳という若さながら菱を治めている。莞も含め近隣諸国が脅威を覚えていた盗賊の大集団・畢旗《ひっき》を、昨年には自ら兵を率いて討伐したのは、菱軍の武力が高いことを差し引いても、勇猛で統率力のある王と言えるだろう。

そんな菱と婚姻によって同盟を結べるなら、ましてやそれが先方から持ち込まれたものなら、深雪《しんせつ》は疑念など押しやっても受けるべきだった。いや、受けるしかない。その絆《きずな》となれるなら、としては本望だった――。

……だけど、小説とは違うところもあった！

廉威に手を引かれて広間を出た深雪《みゆき》は、光晨殿《こうしんでん》を後にした。

光晨殿は菱国の王都である延獅《えんし》に建つ王城・薫嶺城《くんれいじょう》の後宮にある宮殿で、基本的に国王以外は男子禁制の後宮において、例外的に臣下や来客、兵士の出入りが許された場所だ。だからこそあの場に重臣らも集っての顔合わせとなったのだろう。

それが紹介も済まないうちに、廉威によって連れ出されてしまった。いくら新興国・菱の国王とはいえ、形式を吹っ飛ばすような廉威の振る舞いはどうなのか。

銀龍の廉威は、もっと威厳があって懐《ふところ》が深い感じだったけど、こっちは自信家でナルシストの型破り？

夜の帳《とばり》が降りた後宮の庭は、ところどころに松明《たいまつ》の明かりが見えるものの足元がおぼつかなくて、廉威の手を振り切ることもできない。木々の隙間から深雪が居住している蓬里宮《ほうりきゅう》らしき建物が見えたが、廉威の足は逆方向へ向いた。

連れていかれたのは、大きな池の中に浮かぶように建つ宮殿だった。入り口を守る警備官が無言で扉を開ける。廉威は人払いをして、自ら深雪を一室に誘った。

「銀龍宮《ぎんりゅうきゅう》という俺の私邸だ。ここなら気兼ねなく話せる」

深雪が過ごしている部屋と比べても、王の私室としてはすっきりしているように見えるが、調度品はどれをとっても精巧な作りだ。深雪の感覚ではベッドと言えそうな巨大な長椅子は、背もたれと肘掛《ひじか》けにため息が洩《も》れそうなほど精緻《せいち》な透かし彫りが施されていた。

その長椅子に座らされ、座面に張られた柔《やわ》らかくなめらかな繻子《しゅす》の手触りに感心していると、隣に廉威が腰を下ろした。深雪を見て、その口元がふっと緩む。

「未来の夫にそう警戒の目を向けることはなかろう。その未来もすぐ間近に迫っている」

……そう、そうだけど……。

今さらながら、目の前の廉威と結婚するのだという事実に怯む。いや、それはもう、この世界に来てしまったときから知っていたことで、この十日ほどの間にもそれしか道はないのだと心を決めていたけれど、現実として夫婦になるということが理解できていなかったことに、ようやく今気づいたのだ。

なにしろ小説の世界と酷似していたので、自分の使命はそのストーリーをなぞっていくことだと思っていたが、ここには現実の生活があって、つまり小説に書かれていた以外の日常が存在するということなのだ。手本がない状況においては、深雪はどう振る舞えばいいのだろう。

そして……この人と夫婦になるということは……。

当然、夫婦生活なるものも営まれるのだろう。ありていに言って、このイケメンとエッチをする。信じられないことに。

しかもこれまでの様子からして、相手はノリノリだ。いや、それは言いすぎだろうか。でも少なくともまんざらでもないように見える。初っ端のアプローチを振り返っても。

覚悟は決めていたし、考えようによっては結婚どころか交際すらできずに人生を終えてしまった深雪にとって、願ってもない経験だ。なにより憧れていた小説と同じ世界でヒロインとして存在できるなんて。

しかしそんなのは甘っちょろい考えだったと、今になって思う。

ついさっき、初めて会ったばかりの人なんだよね……いや、そういう結婚が当たり前の立場なのもわかってるけど、多少なりとも互いの人となりを知ってからっていうか……そう、結ばれたことを後悔するのは嫌じゃない？

せめて夫婦になれてよかったと思いたい。もちろん相手にもそう思ってほしい。が、現状は互いに相手の個人的なプロフィールをほとんど知らないし、わずかな会話から受けた印象は、あまりいいものではない。

創作物の中では、あれよあれよという間に男女の仲になってしまうこともままあって、逆にときめきを覚えたことも何度となくあったけれど、いざそれが己の身に降りかかるとなれば大いに戸惑《とまど》う。

「……あの、主上――」

心なしか距離を縮めてきた廉威を、深雪はさりげなく片手で遮《さえぎ》った。

「その呼び方はどうだろう。名前で呼ぶのを許す。俺もそなたを深雪《しんせつ》と呼ぼう。夫婦は親密であるべきと考える」

手を握り返され、あまつさえ唇を押しつけられて、深雪の鼓動が跳ねた。

そっ……そういうことをされると困る……っていうか、どうしたらいいの？　夫婦は親密って、仲よくってことなんだろうけど、べつに手を握ってキスしなくても、他に方法はあるよね？　なんかあからさまにキザったらしくて、引くんですけど……。

小説どおりではない部分もあるし、知らなかったこともあるとわかっていたつもりだけれど、ここに来て主要人物の意外な人となりに接し、切迫する状況も相まって深雪は混乱した。

おそらくこの世界の展開としては、廉威と深雪が滞りなく夫婦になって、愛情を深めていくというのが正しいのだろう。出現したときと同様に、深雪の意識が突然消える可能性だってあるだろうから、そのときに状況が大きく変わっていてはまずいというのも承知している。

……けど……。

とにかく今はこれ以上の接触は避けたいと、深雪は椅子から立ち上がった。しかしまだ廉威に手を握られたままだ。

「后にはなります。しかし、とりあえず形だけ——というわけにはいかないでしょうか?」

この場を乗り切るために、深雪は深く考えずに提案してみたが、廉威は怪訝《けげん》な顔をした。

「俺は好みではない、と?」

その言葉にまず思ったのは、ずいぶんわかりやすい話し方だなということだった。

公主の記憶があるので、この世界の住人とのやり取りに不便を感じたことはないのだが、莞の従者との会話は堅苦しくて回りくどいと思った。離宮で初めて対面した菱の使者は、新興国であるせいかそれと比べたら明解だった。

しかし廉威ほどストレートなもの言いは初めてだ。

「そ、そういうことではなくてですね……」

つられて深雪の言葉づかいも砕けたものになる。

どう説明したらいいんだろう……? 名実ともに夫婦になるには、時間が欲しいというか……好きになるまでとは言わなくても、そうなってもいいと思えるまで待ってほしいって、傲《ごう》慢《まん》かな? 言える立場じゃないのかな?

言っても、理解されずに笑い飛ばされそうな気がする。あるいは、貴人らしくもなく妙な考え方をすると思われるか。

国の代表である廉威と深雪《しんせつ》の婚姻の場合、個人的な思惑など考慮されないと理屈ではわかっていても、感情がついてこない。自分が元の深雪《しんせつ》のままだったら、こんなところで躓《つまず》くことはなかったと思うと、廉威にも申しわけないような気がしてくる。

廉威は深雪の手を掴んだまま立ち上がると、深雪の顔を覗き込んだ。言動が芝居めいていてキザに映るが、一挙手一投足《いっきょしゅいっとうそく》が目を引き、不思議な迫力も感じる。これが王さまというものだろうか。

「それが本音なら、莞はこちらを謀《たばか》ったことになる」

「えっ？」

「しょせんは野蛮な新興国と菱を見下し、形だけの后だなどと、同盟どころか敵対するのも辞さぬつもりと受け取れるが――」

「そんな！」

思いがけない反応に、かつてなく焦《あせ》った。個人的な理由で夫婦関係を避けたいと思ったことが、国同士の軋轢《あつれき》を生むようなことになってしまう。もし戦が起きるようなことになったら、多くの命が失われてしまう。

王都へ向かう前に珀川の離宮で数日を過ごした際、毒を持つ動物が現れて護衛兵に退治されるのを、目の前で見てしまった。その光景を思い出し、深雪は震え上がった。害獣の駆除すらショックだったのだ。あんなふうに命が奪われる場を見慣れていない現代人には、人間が大量に簡単に死んでしまうなんて、想像するだけでも恐ろしかった。その原因が、自分の発言だったりしたら――。

黙り込んで俯《うつむ》いた深雪の頭を、廉威の大きな手が撫でた。

「輿入れがそなたの本意でなかったのは理解する。しかし俺にせよそなたにせよ、立場と責任というものがあるのは承知しているな？　国のため、民のため――」

耳に心地いい低い声に、深雪の心も落ち着いていく。そして、ふと思った。

廉威も……？　本当はしたくて結婚するんじゃないの？

王族同士なら多分に政治的意図があっての婚姻で、そこに個人的な感情が入り込む余地はない。相手に会うより先に結婚が決まるのだから、好悪の感情の持ちようもないのだ。

廉威にしても、重臣らの策で深雪との結婚を勧められたに違いなく、言われるままに応じたに過ぎないのだろう。

『銀龍金蓮』でもそんな始まり方だったけれど、そこはそれロマンス小説なのでふたりの間に愛が芽生えていったが、現実にそんな展開は稀《まれ》だ。

とりあえず婚姻という形がなされれば、実態をどうするか廉威に掛け合う余地はまだ残されているのではないか。廉威自身もこの結婚に積極的ではないというなら、なおのこと。

そう考えて気が軽くなりかけた深雪は、廉威の手が頭から頬に下がってきたのにも注意を払わず安堵《あんど》の笑みすら浮かべていたかもしれない。

それに応えるように頷いた廉威は、深雪の顎に指をかけて——。

え……？　ええっ⁉

言葉を交わし、触れられ、抱き寄せられ、とどめにキスと、二十三年かけて果たせなかったことが、対面からわずかの時間で敢行されてしまった。

フィクションではあるが、情報なら山ほど得ていた深雪だけに、一応自分なりに理想のシチュエーションなども考えていたのに。

そ、それが、こんな予想する間もなしに……いや、そういうパターンも想像したことがあるけど——じゃなくて！　問題はこの男だ。政略結婚だなんて言いながら、しっかり手が早いじゃないの！

文句はいくらでもあるのに、初めての経験に動転して身体が動かない。そもそも唇を塞がれていたら喋《しゃべ》れないとか、他人の唇は意外と柔らかくて温かいとか、どうでもいいようなことが頭の中を駆け回る。

しかし背中を抱き寄せられて身体が密着し、さらに押しつけられた唇に濡れた感触を覚えた瞬間、深雪は両手を振り回して廉威から逃げた。

「なっ、なにするんですか！」

濡れたように感じたのは、きっと舐《な》められたのだ。この王さまは舌まで入れてこようとしたに違いない。

袖で口元を拭った深雪に、廉威は肩を竦《すく》めた。

「己の立場と責任については理解したと思ったが？」

「で、ですから、私なりにつとめを果たすつもりでいます！　あなたの手助けをして国を繁栄させ、民の生活を守り――まだ菱のことをよく知らないけれど、これから勉強して――」

「深雪《しんせつ》は意外とよく喋るな」

気品ある深窓の姫君らしくなかったかと、深雪ははっとする。

「ますます気に入った」

「……は？　ますます？　今さっき、自分にも立場とか責任があるとか言ってたじゃない。周りにまとめられた縁談じゃなかったの？　それに、気に入られるほど互いを知ってないし、そもそも気に入られるようなことをした覚えもないんだけど！

「そういう話をしているのではありません。聞いてました？」

「ああ、俺を手伝ってくれるそうだな。ありがたい申し出だが――」

言葉ほどには感謝していない、というか単に面白がっているような廉威の様子に、深雪は肩を落とした。この世界で表舞台に立つのが男性と決まっているのは、承知している。昔の日本と同じように、女性は家庭を守るのが仕事なのだ。

でも……妻としてのつとめを果たせないなら、他でカバーするしかないじゃない。実際にカバーできるかどうかはともかく、その気はあるんだってことを——ううん、全然期待されてないんだ。逆に面倒くさく思われてるよね……。

予定どおりにふつうに后の座に収まるのを、廉威側は望んでいる——というか、それが当然だと思っている。深雪だって、これから菱で生きていくために、よけいな軋轢は生むべきではないと思うし、いっそ自分のちっぽけなこだわりなんて捨てて、流れのままに名実ともに廉威の妻になってしまえば楽だろう。

でも……決められた相手だから夫婦になるっていうのが……。

やはり身体の前に、まず心で結ばれたいと思ってしまうのだ。大恋愛の果てになんて贅沢は言わないけれど、せめてもう少し廉威のことをいいと思えるようになってから——というのは、無理な話なのだろうか。

廉威が手を伸ばしてきたので大きく退くと、それ以上は迫ってこずに長椅子に腰を下ろして尊大に脚を組んだ。そんなふうにしていると、一転して気品と威厳ある王に見えるから不思議だ。

「后となる以上は、なによりも優先すべきつとめがあるだろう」

……ですよね……。

「世継ぎを生《な》してもらわねば」

やはり聞き届けてもらえなかったかと思いながらも、実際に言葉を聞いたダメージは大きかった。

自国の王さまにお世継ぎができる――たしかにめでたいことだし、誰もが待ち望んでいることだと、現代日本に生きていた深雪にも理解できる。それはこの世界でも同じなのもわかる。

そればかりか幸か不幸か深雪《しんせつ》の記憶があるので、公主として、さらに王に嫁ぐ身としてどうするべきか、それはもう事細かく新妻の心得が刷り込まれてはいるのだ。

が、そこに現代日本で生きてきた篠沢深雪の記憶がプラスされていて、今この身体を支配しているのがその深雪なので、本来ならなんの問題もないはずの流れを堰《せ》き止めてしまっている。

だって……好きでもない人とエッチして、子どもを産んで……それで私はちゃんと夫や子どもに愛情を持てるんだろうか……不幸な家族にしかならないんじゃ……。

「どういう男が好みなんだ？」

黙り込んでいた深雪に、廉威はそう訊《たず》ねてきた。ポイントはそこではないのだ。

べつに廉威が嫌いなわけではない。というよりも、好悪を断じるほど相手を知らない。つい先ほど対面したばかりなのだから。

この身体の中身は本来の公主ではないと、いっそ真実を打ち明けられたら──。

……いやいや、それはよけいに無理。頭がおかしいと思われるのが関の山だ。

もしかしたらそれで深雪との子どもは諦《あきら》めるかもしれないけれど、リスクが高すぎる。いかれた公主を寄こしやがって、と戦争勃発のきっかけにならないとも限らない。

じゃあ、やっぱり諦めて、このまま廉威と子作りルートに進むしかない──ん……？　子作り？　あっ、もしかして！

「後宮にはお妃《きさき》がいるじゃないですか！」

突破口を見つけたとばかりに指を突きつけた深雪に、廉威は虚《きょ》を衝《つ》かれたかのように仰《の》け反《ぞ》った。

「……ああ、いるな。五人ほど」

「五人も！」

深雪は内心ガッツポーズだ。

侍女に庭園を案内してもらった際に、ひときわ奥まった場所に厳重な門で仕切られた区画を見ていた。塀越しに複数の建物の屋根が覗いていたのだが、そこに廉威の妃たちが住んでいるということだった。

後宮や大奥と聞くと、皇帝や将軍のための女性たちが集められた場所を思い浮かべがちだが、宮城で主《あるじ》のプライベートに使用される区画と言える。今いる銀龍宮も後宮の中だし、先ほどの広間がある光晨殿もそうだ。

そして菱の薫嶺城の後宮には、ちゃんと王の相手をする妃がいるのだ。五人も。

「では、ひとまず世継ぎはそちらでなんとかしてください」

深雪の発言に、廉威は片眉を上げる。

「なにを言うかと思えば――」

廉威が言い返すより早く、言葉を重ねる。

「他にも相手がいるような人、私はごめんです！」

聞きようによっては傲慢なもの言いで、どれほど気位が高い后だって口に出しはしないことだろう。それに後宮に妃を置くのは、内政による欠かせないシステムだ。浮気した相手に文句を言うのとはわけが違う。

しかし、気持ちが通じ合ってから自然に結ばれたい、なんて深雪の希望を呑んでもらえそうにはなく、他に考えつく断りの理由は、これしかない。かなりヤバい思考の公主だと思われようと、とにかくこの場をしのぐこと以外考えられなくなっていた深雪は、驚きに目を瞠《みは》る廉威から逃げるように銀龍宮を飛び出した。

2

卓上に並んだ朝食を前に、深雪《みゆき》は扉のほうを窺《うかが》った。それに気づいた鈴悠《りんゆう》が、茶を注ぐ手を止めて少し狼狽《うろた》える。

鈴悠は十六歳で、歳が近い——深雪の実年齢は二十三だったが、ここでは十七歳だ——ことから、側付きの侍女に据《す》えられた。素直で明るい娘だ。

最初は莞《げん》の公主に仕えるということで緊張していた様子だったが、深雪の口調や態度が予想よりもずっと砕けていたことに、鈴悠は安心したらしい。しかも、使用人にも分け隔てなく接する優しくて親しみやすい公主さま、と受け取ったようで、慕ってくれている。

深雪《しんせつ》がこれまで培ってきた公主としての作法や教養は、一応頭の中に入っているけれど、なにぶん実際に動いているのは深雪なので、とっさに地が出る。その落差が目につくよりは、元来深雪《しんせつ》はこんなタイプなのだと思われたほうが面倒がないと、気品があって淑《しと》やかな公主像を早々に諦《あきら》めただけなのだが、思いがけず侍女たちには評判がいいようで、結果オーライだ。

「少ないでしょうか？　それでしたらもう一品なにか――」

「あ、違うの、そうじゃなくて。これだけあったら充分よ。食べきれるかしら？」

深雪は慌《あわ》てて手を振った。どれだけ食べると思われているのだろう。主食として肉入りの包子《パオズ》と海鮮の粥の他、彩《いろど》りも鮮やかな副菜が五品、餅粉を使ったデザートまであるのだ。もの珍しいのと美味なので、たしかに出されたものはほぼ毎回完食しているけれど。

信じていなさそうな表情の鈴悠の前で、深雪は料理に手をつけ始める。気になっていたのは他のことだ。

……なんの音沙汰もないみたいだけど……。

昨夜、深雪は銀龍宮《ぎんりゅうきゅう》を飛び出した後、どこからともなく近づいてきた警備官によって、蓬里宮《ほうりきゅう》まで見送られた。

ちなみに後宮内の見回りをする警備官は女性だ。菱《りょう》は莞を含む近隣諸国のように宦官《かんがん》がおらず、後宮警備もふつうの男性兵士が担っていたが、廉威《れんせい》の代になって女性を登用するようになったと、鈴悠から聞いた。男性に代わって女性にも職務を任せるあたり、こちらの廉威は雇用機会均等法的な現代風の感覚を持ち合わせているのかと思ったのに、后《きさき》として望むのは他国と変わらずこれまでどおりのタイプらしい。

まあ、お后のスタイルっていうのも何百年もかけて出来上がってるんだろうし、ある意味今が理想形なのはわかるのよ。跡継ぎを産むなんてすごいことだと思うし、国母なんて言葉があるくらいだし。

鈴悠たちが意外そうに出迎えたのは、廉威が対面の場から深雪を連れ出して自分の宮殿に向かったと聞いていたからだろう。場合によっては朝帰りとでも予想していたのか。

それでもなにも詮索することなく沐浴《もくよく》や着替えの世話を焼き、寝支度を整えてくれたのだが、正直なところ深雪はよく覚えていない。

実際、鈴悠らの想像どおりに運びそうだったので、パニックに陥《おちい》った深雪は「他に女がいるような男とは添い遂げられない」的な発言をぶちかまして逃げ出してしまったのだ。あの時点では他に納得させられそうな断りの理由が見つからなかった。というか、そもそも断るという選択肢がないわけで、理由なんて見つかるはずがない。驚いた廉威の顔が今も頭に残っている。

それはそうだろう、后として迎える予定の公主が同衾《どうきん》を拒否したのだ。その代わりに王の職務を助けるなどと嘯《うそぶ》いたともなれば、おまえはなにをしに来たのかという話だろう。挙句の果てには、他に妃《きさき》を持つ男の妻にはなれない、である。

戻ってからの深雪は、次第に不安になってきた。今にも廉威が兵を引き連れて深雪《しんせつ》を成敗しに来るのではないかとか、そこまでではなくても、銀龍宮に連れ戻されて滾々《こんこん》と公主の在り方を説教されるとか、問答無用で実力行使に及ばれるとか、とにかく恐々としていた。

幸いにも夜は穏《おだ》やかに更けていき、深雪も疲労のせいかいつの間にか寝入ってしまったのだが、今まで本当になにも起きなかったのだろうか。

朝食の代わりに廉威が来るのも覚悟してたんだけどな……。

しかし考えてみれば深雪《しんせつ》に袖にされたなどと、菱王たる廉威が臣下に打ち明けられるはずがないのかもしれない。それこそ王の威厳が地に落ちるというものだ。

それで、人知れず密かに私を処分する、とか——。

自分の想像にぞっとして、深雪は肩を震《ふる》わせた。

「公主さま？　申しわけございません、お口に合いませんでしたでしょうか？」

「や、違うの。とても美味しいわ」

引きつった笑顔を返しながらも、頭の中は妄想を追い払おうと必死だ。

たしかに……たしかに相手の側に立ってみれば、私の発言はむちゃくちゃだったと思う。けど、廉威だって全然ちゃんと聞いてくれてなかったじゃない。王さまなら、他者の言葉に耳を傾けるのも必要だろうに、聞くそぶりすらなかったよね？　その上……いっ、いきなりキスとか……。

王だからこそ己の思うままに行動し、相手を顧みることもないというのもあるのかもしれないが、深雪は断然、どんな相手の声もまずは聞いてくれる王さま派だ。

立ち去ろうとする深雪に、廉威はずいぶんと驚いた顔をしていたが、深雪にしてみれば光晨《こうしん》殿《でん》で会ってからずっと、廉威の言動に振り回されていた。

私がふつうの公主らしくないのも認めるけれど、廉威だって変……あ、そういうことかも？

昨夜のやり取りで、廉威は深雪をヤバい女認定《しんせつ》したのかもしれない。きっとこれまでに会った女性の中で、深雪のような言動をした者はいなかっただろう。

そんな女の血を引く跡継ぎを作らなくても、幸い相手には不自由しない立場だ。深雪が言ったように形だけ后に据えておけば、莞との同盟も保たれる——と廉威は決めたと考えるのは、希望的観測すぎるだろうか。

それにしても初対面の異性に対して、あの状況であれこれ言い返せたのが、思い出しても不思議だ。今までの深雪だったら、ひと言も発せないで突っ立っていてもおかしくなかった。

廉威が話しやすいタイプだった、なんてことは間違ってもないはずなのに……。

あまりにも話が通じなかったからだろうか。この世界での人生がかかっているのだから、深雪も必死だったのだ。

思ったことははっきり言葉にして伝えないと、向こうの思うままにされちゃう……。言っても、効果があったかどうか疑わしいけど。

ふと騒がしい足音が窓の外を通り抜け、深雪は食事の手を止めた。

「なんでしょう？」

鈴悠が窓辺に向かうと、鉢巻《はちま》きに襷《たすき》姿も凛々《りり》しい警備官が槍《やり》を手に声を上げた。

「窓を閉めて！　公主さまには決して外をお歩きにならないよう、お守りせよ！」

鈴悠たちが慌てて窓を閉めて回る間に、女官が駆け込んできた。外では警備官だけでなく男性の声もする。

「樹妖《じゅよう》の姿を見たという者があり、捜索と駆除を行っております」

「樹妖って？」

深雪が振り返って訊《たず》ねると、鈴悠は胸の前で組み合わせた両手を震わせた。

「毒を持つ小動物でございます。見た目の愛らしさに反して、噛まれれば命を落とすこともございます」

ふと頭に浮かんだ動物の姿に、深雪ははっとして腰を浮かしかけた。

「あ、それって……小さくて木登りが得意そうで、ふっくらした尻尾がふたつに分かれてるやつ？」

「ご存知でしたか？　莞にも生息しているのでしょうか？」

間違いない。離宮で騒ぎになったあのリスもどきだ。

子規《しき》は名前を言ってなかったけど、樹妖っていうのね。

廉威の名代として離宮で深雪を迎えた菱の使者の筆頭は、尚書令《しょうしょれい》の活《かつ》子規という人物だった。『銀龍金蓮《ぎんりゅうきんれん》』には登場しなかったが、国王の秘書的ポジションの尚書令としては三十代と若く聡明そうで、また菱の気風か、廉威ほどではないが明快な口調で話しやすいタイプだった。

その子規が、離宮近辺に生息していない生き物だから、何者かの仕業ではないかと危ぶみ、滞在を切り上げて王都へ出立した。

樹妖を放った犯人がいるとしても、宮城に逃げ込めばひと安心と思ったのに、王都には樹妖がナチュラルに生息するのだろうか。

棒を手にやってきた女官が、深雪を安心させるように微笑む。

「ご心配には及びませぬ。樹妖がいたとしても必ずや退治して、安心してお過ごしいただけるようにいたしますので」

「ということは、ここには本来いないはずなのね？」

深雪の問いに、女官は返事に窮したように眉をひそめた。

「辺りの森などにはいるようですが……宮城内はつねに目を光らせ、侵入を防いでいるはずでございます」

それなのに、樹妖が入り込んだ……子規が言ったように、これも何者かの仕業なの？　だとしたら、なにが目的で――。

毒を持つ生き物をわざと放したなら、やはり特定の人物に害をなそうとしているのだろう。離宮に続いて後宮でも起きたということは、狙いは深雪《しんせつ》なのだろうか。莞の公主が菱に嫁《とつ》ぐのを、快く思わない者がいる？

そんなこと言われたって、私だって好きで嫁入りするわけじゃないのに……いや、待って。後宮にまで樹妖を放つなんて、廉威まで危険に晒《さら》すことになるじゃない！　犯人が誰か知らないけど、可能性を考えなかったわけ？　まさかそれも承知で……。

『銀龍金蓮』における菱の朝廷は、廉威をトップとしてよくまとまっていたが、こちらは一枚岩とはいかないのかもしれない。現実ならそれも大いにあり得ることなのだろうが、そんな国で王位に就いている廉威の苦労に、深雪は初めて思い至った。

昨日の出会いでは、やたらキザで話を聞いてくれず、おまけに手が早いという印象ばかりが強く、のんきに君臨しているようにしか見えなかったけれど、実際にそれだけだったら、きっととうに足をすくわれていただろう。

今現在も国外からは上り調子に見える菱を統《す》べているのだから、やはり廉威は有能な王なのだ。それでも不満を持っている者はいる——。

そんなことにも考えが及ばなくて、国を盛り上げるのを手伝いますなんて、ずいぶんおこがましいことを言っちゃったんだな、私……。なにも知らないくせに、なにができるって言うのよ。しかも、自分に与えられた妻としてのつとめを放棄しようとして。

反省しながらも、やはり責任や立場だけで妻になるのではなく、少しでも心が動いた末に結ばれたいとは思うのだが――。

いずれにしても個人的な感情はさておき、廉威には無事でいてもらわなければ困る。いや、深雪がではなく、菱の民が。

立ち上がった深雪を見て、女官が手を伸ばした。

「こちらにおいでくださいませ！　万が一ということもございます」

「でも、猛毒なんでしょ？　警備官たちにもしものことがあったら――」

「公主さまはここでじっとしていてくださるのがおつとめです」

そりゃあ私が警備官たちと一緒になって樹妖を探し回っても、足手まといにしかならないだろうけど、ただこうしているだけなんて……。

「北西の塀近くに十数匹を発見したそうでございます！」

様子を確認しに行っていたのだろう侍女が、青い顔で駆け込んできた。にわかに室内が騒然とする。

なにか……なにかできないの？　今は私だってこの世界の住人なんだから、少しでも役に立てたら――。

そのとき、ふと閃《ひらめ》いた。ずっと樹妖という名前が引っかかっていたのだが、『銀龍金蓮』の中に似たような名前の妖獣が登場したのだ。描写されていた妖獣と樹妖の見た目が違っていたので、すぐにピンと来なかった。

ファンタジー系の小説なので、単なる動物と言いきれない生き物も出てくるし、魔法とまではいかないが妖術と称して非現実的な力を行使したりもする。その妖獣が持つ毒を解するための薬剤を作るくだりがあったのを、深雪は思い出した。

小説はあくまで小説で、この世界とは違うところもあるってわかってるけど……他にやれそうなことはない。

「ねえ、鈴悠――」

深雪は頭の中から記憶を引っ張り出した。

「泡立草《あわだちそう》――って知ってる？」

鈴悠は目を瞬いてから、困惑《こんわく》したように首を傾げた。こんな状況でなんの話をしているのかと言いたげだ。

「……薬草の、でしょうか？　それでしたら乾燥したものが保管されておりますが……」

やった！　いけるか？

深雪は勢いづいて、さらに訊ねた。

「じゃあ、つるり虫は？　あと、月針樹《げっしんじゅ》の実と――」

深雪が挙げた材料はすべて存在し、しかもあちこちに薬材や食材として保管されているという。それらと調合に使う道具を運んでくるように指示して、深雪は腕まくりをした。


「樹妖はすべて駆逐されました！」

その報告を聞いたとき、深雪はようやく解毒剤を作り上げたところだった。材料をすりつぶして煮立て、簡易の蒸留装置でエキスのみが抽出できた――はずだ。

実際にこれが解毒剤としての効果を発揮するかどうかは不明だけれど、小説とここまで一致した材料が揃ったということは期待できるのではないか。

「よろしゅうございました。それで、被害は？」

おかしなことを始めた深雪を見て途方に暮れていた女官が、ほっとしたように表情を緩ませる。一方、問われた侍女は顔を曇らせた。

「衛尉《えいい》が数名、噛まれました」

衛尉？　それってもしかして……。

深雪は図らずも胸をときめかせた。

衛尉は宮城の門を守り、城内を巡察する官職だ。後宮の警備官の応援に駆けつけたのだろう。

『銀龍金蓮』にも同様の職があり、隊長ポジションのキャラである衛尉丞《えいいじょう》・陶市黎《とうしらい》の登場シーンは印象に残っている。作者に贔屓《ひいき》されているのではないかと思うくらい、ここぞというときに活躍し、また爽やかで朗らかな人となりが伝わってきた。そんなふうに描写されると、当然のことながら読者人気も高まる。深雪も多分に洩《も》れず、どちらかというと廉威よりも推していたくらいで、読みながらため息をついたものだ。加えて挿絵のちょっと浅黒い肌色としなやかな体躯《たいく》が、黒ヒョウのようでカッコよかった。

そもそもこの世界に市黎が存在するかどうかわからないし、同じような容姿をしているとも限らないけれど、ともかく衛尉が負傷したという今、薬を持っていくべきだ。

「鈴悠、案内して！」

解毒剤が入った瓶を手に部屋を飛び出した深雪を、鈴悠は慌てて追いかけてきた。

「どちらへ？　念のためにお部屋で過ごされたほうが――」

「衛尉が噛まれたんでしょ！　具合を見に行かなきゃ。それに、もしかしたらこれでなんとかなるかも……」

女官たちが呼び止める声がするが、深雪は足を進めた。追ってくる様子だが、ちょうどいい。

人手は必要だろう。

ふだんよりも騒々しい後宮の回廊を走り抜け、水路の橋を渡って、木立の中を潜《くぐ》り抜けていくにつれ、ざわめきが大きくなってきた。武装した兵士たちの輪が見え、深雪は叫ぶ。

「樹妖に噛まれた人はいるの？」

数人が振り返って、訝《いぶか》しげな顔を見せた。

「女官が出る幕じゃない。下がってろ」

「これから運び出すんだ。じゃまだ」

そんな声も返ってくる。

「それならさっさとすればいいじゃないの。ただ見てるだけなの？」

気が焦るあまり口調もけんか腰になった深雪を、出しゃばりな女官だと思い込んでいる兵士たちはその言葉に気色《けしき》ばんだが、息せき切って追いついた鈴悠が切れ切れに訴《うった》えた。

「お控えなさい。こちらは莞の公主さまであらせられます」

真偽が掴めずに呆然《ぼうぜん》と顔を見合わせていた兵士たちだったが、遅れて駆けつけた女官たちが、

「下がりなさい！　公主さまの御前でございます！」

と叫び立てるに至って、慌てたように拝揖《はいゆう》した。

「そんなのはいいから！　負傷者は――」

兵士を押しのけて進むと、三人の男が地面に倒れ込んでいた。その中のひとりの顔を見て、深雪は声を上げる。

「市黎……！」

間違いない、きっと市黎だ。思ったよりも長髪だったが、それはこの世界のスタイルだし、無造作に項《うなじ》でまとめているのも、気取ったところがなく武人らしくていい。浅黒い肌も細身の体躯もイメージどおりだけれど、この世界の市黎はかなり若そうだ。おそらく二十歳そこそこなのではないだろうか。

痛みに顔を歪《ゆが》めていた男が、不思議そうに深雪を見上げた。

「……いかにも。衛尉丞の陶市黎ですが、なぜ私の名を？」

「そっ、そんなことより、嚙まれたのはどこ？　あ、あなたたちも見せて」

幸いにも三人とも話ができる程度のダメージのようだが、毒がこれから回っていくとも考えられる。実際、嚙まれたのはどれも指や手首などで、肘《ひじ》から先が赤黒く変色して腫《は》れてもいるようだ。

深雪は瓶を差し出した。

「これ！　たぶん効くと思うの。飲んでみて」

市黎たちは瓶と深雪の顔を見比べ、互いに顔を見合わせた。見守る兵士たちからひそひそ声がする。

「なんだい、あれ……」

「効くって、樹妖の毒にか？　まさか」

疑うのも、もっともだ。ついでに言えば、必ず効果があると確信があるわけでもない。しかしこの世界にまだ特効薬がないからこそ、樹妖を恐れているのだろう。噛まれたまま、毒を吸い出すでもなく通りいっぺんの看病をするくらいなら、試してみたっていいではないか。

「これ、薬なのですか……？　なぜ公主さまはご存知なのです？」

鈴悠の問いに、深雪は言い淀んだ。

「そっ、それは……莞の！　そう、莞に伝わる毒消しの秘薬で！　もしかしたら樹妖の毒にも効き目があるかもしれないでしょ？　だから――」

なんとか言いつくろったと思ったが、兵士や女官からも胡乱《うろん》な顔をされた。もしかしたら、逆に悪いものを呑《の》ませようとしていると思われているのだろうか。婚礼の話が出るまでは、敵対しているとまではいかなくても、緊張関係にあった菱と莞だ。

そういうこともあるかもしれない……。輿入《こしい》れしてきたかと思えば公主はなんだか妙な女だし、もしかして真っ赤な偽者で、菱の宮廷をめちゃくちゃにしようとしているんじゃないかとか、思われてる……？

深雪は薬の瓶を握り締めたまま、無意識に後ずさった。

でも、このままじゃ最悪この人たち死んじゃうかも……。

そのとき、市黎が深雪の手から瓶を取り上げた。

「公主さまが御自ら調合くださったのですか？　ありがたく頂戴いたします」

「あ――」

返事をする間もなく、市黎は瓶を呷《あお》った。深雪は思わずそばに膝をつき、市黎の顔を覗き込む。

「だいじょうぶ？　まずくなかった？」

市黎はおかしそうに笑う。

「良薬は呑みにくいものでしょう」

あ、いい！　笑い方もカッコいい！　じゃなくて！

「どのくらいで効果が出るかわからないんだけど――……あれ？」

まるで水で洗い流すように、腕の色が元どおりになっていく。

早っ！　効果てきめんで怖いんですけど！

「おお！　さすがは莞の秘薬ですね。うん、痛みも消えてきました」

「本当に？　よかった……！」

安堵《あんど》する深雪の横で、市黎は瓶に残った薬を他のふたりにも飲むように勧めている。固唾《かたず》を呑んで成り行きを見守っていた周囲も愁眉《しゅうび》を解き、口々に喜びを表し始めた。

「公主さま、お許しくださいませ！　ご無礼を申しました」

身を縮めるようにして許しを請う鈴悠に、深雪は立ち上がってその手を握った。

「なにを言うの。いきなりあんなものを作って飲ませようとしたんだから、変に思われてもしかたがないわ。それより、効いたみたいで本当によかった」

おっとり刀で姿を現した薬師一行に後を任せることにして、深雪は踵《きびす》を返そうとした。

「公主さま――」

振り返ると、市黎が槍を杖に立ち上がって、礼を取ろうとしていた。

「無理しないで、市黎。まだ本調子じゃないでしょ。ゆっくり身体を休めて。樹妖を退治してくれてありがとう」

「もったいないお言葉です。このご恩は一生忘れません。生涯をかけてお仕えさせていただきます」

……うわー……。

なんということだろう。現代日本で生活していたら、一生聞くことがないセリフだ。しかし不思議と陳腐には感じず、市黎の姿と言葉は深雪の胸に響いた。当初思い描いていた国のために尽くすなどという大それて漠然《ばくぜん》としたことではなく、身近で急を要することに手を貸すのだって必要だ。いや、臣下の危機を救えたのだから充分役に立っただろう。

廉威が望んでいるのはこんなことでなく、まずは后として跡継ぎを生《な》すことだろうし、それに対して深雪はまだ躊躇《ちゅうちょ》している状況だけに、この世界にいる意味をひとつ見つけたような気がして嬉しかった。


公主が莞秘伝の薬で負傷者を救ったという話は、瞬く間に後宮を巡った。救われたのが衛尉ということもあってか、後宮にとどまらず外朝にも広がった。

「得がたい方をお迎えしたと、公主さまを称賛する声は高まるばかりでございます」

鈴悠は嬉しそうに声を弾ませて、深雪の髪を結っている。

「市黎たちはもうよくなったのかしら？」

「はい、すでに職務に復帰していると聞きます」

「そう、よかった」

リアル推しキャラに出会えて彼の窮地を救えただけでなく、自分の存在意義のようなものが感じられて、深雪はほっとしてもいたし、満足感のようなものもあった。宮廷内での評判まで上がったなら、廉威も多少は深雪に利用価値があると思ってくれるかもしれない。利用価値というか、后になるべく嫁いできた相手という以外の面を、少しでも見て知ってほしい。

あれきり音沙汰がないけど、事件を知らないはずはないし、毒消しを作った件は黙認されてるってことでいいのよね……？

それは喜ばしいことだが、このまま正式に后となるのだろうか。そして、どんなふうに生活していくのだろう。

いや、子作りを躊躇《ためら》う気持ちに変化はないのだけれど、伴侶となる以上は日常的にやり取りがあってしかるべきだと思うのは、深雪の身勝手だろうか。顔を見たくないほど廉威を嫌っているわけではなく、むしろ嫌うほど人となりを知らないから、知りたいと思っている。曲がりなりにも夫婦になるのだから、意思の疎通は不可欠だと、深雪はそう思うのだが。

まあ……それは私ひとりの意気込みで、廉威にはまったく相手にされてない感じだったけど……。

廉威が――というかこの世界全体で当然のこととして認識していた后の在り方を、深雪が初っ端から拒否したから、これ以上かかわっても無意味と判断したのだろうか。つまり、やらせもしない女の機嫌を取るだけ無駄、的な。

跡継ぎを儲けるのが、后に課せられたもっとも重要なつとめなのはわかっている。ただ、それに至る過程に、深雪が気持ちを持っていけないのだ。異性として惹《ひ》かれ合って、その流れで結ばれて子どもに恵まれるなら、深雪だってこんなにこじらせたりしない。むしろ理想的だと思うだろう。

しかし廉威は初顔合わせの場から、当然のようにそうするものと決めてかかっていた。相手が俺みたいなイケメンのハイスペックで申し分ないだろう的な感じで。いや、それ以前に、后になるべく嫁いできたのだから、どんどん先へ進もうみたいな。

この世界の貴人同士の婚姻は、それが当たり前なのかもしれないけれど、実際に夫婦になるのは生身の人間同士だ。個人的な感情抜きにやっていけるとは、深雪には思えない。廉威はまったく疑問に感じないのだろうか。お互いの感覚が違いすぎる。

それでも婚姻を取り消せないから、せめて廉威と知り合うことから始めようと思うのに、このスルー状態。こんな調子では、歩み寄ろうとする気持ちも萎《な》えていく。

……いやいや、推測で決めつけちゃだめだよね。

なんのかんのいっても廉威は菱の国王で、責任ある立場として忙しいはずだ、きっと。深雪にかける時間もないのかもしれない。現に、後宮に樹妖出現の騒ぎがあったばかりだ。

深雪としても、無理をしてまで顔を見たり話がしたいわけでもない。というか、顔を合わせてまた子作り云々《うんぬん》の話になったら、前回の繰り返しになってしまうのが目に見えている。関係の修復どころか、悪くなる一方だ。

かといって、このままじゃ平行線だし……どうすればいいんだろう？

「失礼いたします」

声に振り返ると、女官が両手で小箱を捧げ持っていた。

「主上《しゅじょう》より賜《たまわ》りのお品でございます。此度の衛尉救助の件、大儀であったとのお言葉でございました」

見事な螺鈿《らでん》細工の小箱から現れたのは、大玉の翡翠《ひすい》をあしらった簪《かんざし》だった。まろやかに濃い緑色が美しく、セレブが身に着けた指輪などで見るよりも、はるかに大粒だ。

「まあ、なんて素晴らしい！　さっそくお付けになりますか？」

自分のことのようにはしゃぐ鈴悠だが、深雪は簪そのものの逸品ぶりに驚いた以外に心が揺れず、かぶりを振って簪を箱に戻した。

「着飾ってもこの辺をうろうろするだけだし、疵《きず》をつけたりしたらもったいないわ」

「職人を大勢お呼びになり、最高のものをと御自ら吟味《ぎんみ》されたと伺《うかが》っております。ご愛用なさってはいかがでございますか？」

素っ気ない深雪の態度が気にかかったのか、女官も口添えする。

しかし、深雪はべつに褒美が欲しかったのではない。正直言ってこんなものを贈られるなら、そしてそれを選ぶ時間があったなら、その間に顔を見せて「よくやった」のひと言でも聞かせてくれたほうが、よほど嬉しかった。

もちろんそれは、廉威直々に感謝してほしかったというのではない。解毒剤が作れたのは小説の知識だし、現実と合致したのは偶然の幸いだ。

ただ……やっぱりちょっと顔が見たかったな……。

そう思った自分に、深雪は驚いて戸惑《とまど》った。

3

数日後の夜、廉威《れんせい》が訪《おとず》れるとの先ぶれがあり、鈴悠《りんゆう》ら侍女たちは慌《あわ》てふためきながら蓬里宮《ほうりきゅう》内を動き回った。出入口を掃き清める者や、花を活け替える者、大きな布を抱えて寝室へと向かう者——。

「掃除なんて毎日してるじゃない。全然汚れてないでしょ」

深雪《みゆき》がお茶を啜《すす》りながら呆《あき》れていると、鈴悠はいつになく鋭《するど》い目つきで言い返してきた。

「主上《しゅじょう》の初めてのお渡りでございますよ！　そうだわ、牀《しょう》の布団も取り替えなくては！」

布団……？　廉威が来るだけでしょ。なんでそんなものまで——。

「使わないから！」

理由に思い当たった深雪は、反射的に鈴悠の背中にそう叫んで、はっと口を噤《つぐ》む。

いけない、子作り拒否の件は、廉威しか知らないんだった。たぶん臣下にも言ってないよね？

知られたら大騒ぎになるに決まってるもん。

一度廊下に姿を消した鈴悠が回れ右して戻ってきた。

「なんでもないの！　ちょっとした言い間違い」

「布団は他の侍女に頼んでまいりました。公主さま、お仕度をいたしましょう」

「は？　このままでいいじゃない。まだ寝支度はしてないし」

今日の衣装は縹《はなだ》色に水仙のような花を刺繍した、深衣《しんい》と呼ばれる裾《すそ》が広がった着物のような上衣に裙《くん》を縫い合わせたワンピースのようなものだ。身体に巻きつけるように着付け、帯を結んでいる。

鈴悠は深雪を見つめて、顎《あご》に手を当てて首を傾げた。

「いえ、寝間着のほうがよろしいかと……まあ深衣でしたら、お脱ぎになるにもお手間はかかりませんでしょう」

だからそういう恐ろしいことを言わないで！　現実になったらどうするのよ！

このまま男女の関係に持ち込まれてしまうことには、依然として抵抗感が拭《ぬぐ》えない。しかしそんな深雪の心情など吐露できるはずもなく、鈴悠たちは廉威の来訪に嬉々としているのがつらいところだ。

内心おろおろする深雪を、鈴悠は鏡の前に座らせて、件《くだん》の簪《かんざし》を髪に挿した。

この世界の鏡は古代の銅鏡と同じで、最初のころはぼやけてよく見えないと思ったけれど、それなりにコツを掴んだのか、今はけっこう不自由なく自分の姿がわかる。やはり深雪《しんせつ》は美人だと、見るたびに思う。きっとどれほど着飾っても衣装負けせずに、さらに光り輝いて見えるだろう。

と思うものの、彼氏いない歴＝人生だった深雪は、おしゃれをすることに引け目を感じているうちに、センスを磨く機会も失ってしまったので、美人に生まれ変わってもどうしたらいいかわからない。宝の持ち腐れで、公主には申しわけないことだ。

「まあ！　よくお似合いでございます！　正直なところ、あっさりした意匠だと感じておりましたが、公主さまご自身が華やかなお姿なので、ちょうど均整がとれて……さすがに主上がお選びになったお品でございますね」

……たしかに。

デザインと言うほど凝《こ》った装飾のない玉簪《たまかんざし》で、翡翠《ひすい》の美しさには驚いたものの、シンプルだと思っていたのだ。しかし項《うなじ》の辺りから覗く翡翠玉は、色といい大きさといい深雪《しんせつ》の細い首筋と肌の白さを引き立てていた。

もしかしたら廉威もセンスに自信がなくて、値段や質で選んだのかと思っていたが、そうではなかったようだ。

対面したときの衣装の着方や髪型にもこだわりがあるようだったし、イケメンを自認しているくらいだから、むしろ逆か。それに後宮に妃《きさき》を五人も囲っていれば、女性の扱《あつか》いも慣れていて、プレゼントを贈るのも日常茶飯事なのだろう。

ふいに廊下の向こうのほうで叫び声がして、深雪と鈴悠は顔を見合わせた。

「侍女の声でございましたね。見てまいります」

そう言って部屋を出ていった鈴悠が、すぐに後ずさりながら姿を見せた。続いて、まるで見えないなにかで鈴悠を押すように、廉威が部屋に入ってきた。

「れ――主上……！」

今夜の廉威は、着物のような合わせの藤《ふじ》色の衫《ひとえ》に、焦《こ》げ茶色の直領《じきりょう》の袖なし上衣を合わせ、皮革の帯を締めていた。ズボンタイプの裙は葡萄《ぶどう》色だ。

うーん、やっぱり見た目は文句なしのイケメンだ。今日の外しポイントはレザーベルトかな？

――じゃなくて！

かれこれ一週間ぶりに目にする廉威の姿に我知らず見入っていた深雪は、慌ただしく行き来する侍女に気づいてはっとした。

「ど、どうしたんですか、いきなり」

「ちゃんと先ぶれは出したぞ」

「そうではなくて……従者も連れずに、不用心ではありませんか」

深雪だって先日呼ばれたときには、女官を複数人同行した。まあ、案内がなくてはどこへ行けばいいのかわからなかったということもあるが。

光晨殿《こうしんでん》に着いたら着いたで、チェックゲートがいくつもあったと記憶している。入り口から広間に入るまで十数分かかったのだ。

廉威はふっと笑った。

「なに、樹妖は退治されただろう。残党がいたとしても、公主の解毒剤があれば安心だ。とはいっても、蓬里宮の入り口までは護衛がついていたがな。中まで連れてくる必要はあるまい」

王さまなら、もっともったいぶってやってくるものじゃないの？　っていうか、これってマナー違反にならないの？

とにかく廉威は予想以上に自由というか、思うままに振る舞うタイプのようだ。臣下は大変だろう。

そんなことを思っていると、鈴悠が深雪の袖を引いて囁《ささや》く。

「まずはご挨拶《あいさつ》をなさってくださいませ」

そうだった。廉威が型破りな登場をしたからといって、深雪《しんせつ》までフランクになっていいわけではない。

「ようこそおいでくださいました。主上にはご機嫌麗しゅう。また、過日は賜《たまわ》りものを――」

拝揖《はいゆう》すると、廉威が口元を震《ふる》わせているのが見えた。

「なにがおかしいんですか⁉」

人が礼を尽くしているというのに笑うなんてと、つい言葉が強くなる。しかし廉威は意に介した様子もなく、むしろ機嫌よさそうに歩み寄って、深雪をじっくりと見つめた。

「よく似合う。俺の見立ても捨てたものではないな」

「……ありがとうございます。とてもきれいで、私も気に入りました」

褒められたのにはどう返したらいいのかわからなかったけれど、簪が気に入ったのは事実なのでそう伝えた。

「そうか？　それはよかった」

思いがけず廉威の反応が大きくて、深雪は目を瞠《みは》った。

えっ、こんな顔で笑うの？

白い歯が覗く笑みはイケメンモデルのようだ。深雪は必ずしもイケメンが好きなわけではないけれど、これまででいちばん好ましい表情を見た気がする。そして、それが深雪に向けられていることに心が弾んだ。

本来ならば最重要任務のはずの子作り拒否宣言をして面前を逃げ出すという暴挙をやってのけただけに、解毒剤の手柄があろうと、廉威から疎《うと》まれることも覚悟していたのだ。

……そうよ！　肝心のその話はどうなったの？　こんなふうに友好的だってことは、廉威も譲歩してくれる気になったのかな？

それについての話だろうかと、深雪は廉威に椅子を勧めた。先ほどから鈴悠が茶器を手にしてタイミングを見計らっていたのだ。

ここに来て初めて飲んで以来、すっかり気に入ってしまった花茶の香りが漂う中、廉威は口を開いた。

「こうして会いに来たのは、直接伝えたかったからだ」

「はい、なんでしょう？」

妻のつとめを拒むなど生意気な口をきくと思ったが、そなたの心情も図ろう、とか、これからも菱のために知識を役立ててほしい、とか？　……いや、自分に都合がよすぎるかな？

そんな想像をしながらお茶を口にした深雪は、

「明日、婚礼の儀を執り行う」

という言葉に、ごくりと喉を鳴らした。熱いお茶が食道を流れ落ちていく感覚に、声も出せずに身を丸める。

「そうか、泣くほど喜んでくれるか」

どうしてそうなるのよ!?　この涙はお茶が熱かったからだってば！

深雪はまず大きく手を振り、ようやく口を開いた。

「急すぎます！　明日なんて、準備も――」

「支度はその役目の者たちがやっている。まあ、夜を徹してのことになるやもしれぬが、そなたはゆっくり休んで明日に備えればいい」

「心の準備が！」

「異なことを」

廉威は口端を上げた。

「すでに婚姻を了承したからこそ、ここにいるのだろう？　今さらなんの覚悟が必要だというのか」

「そ、それは……」

結婚の二文字の奥に、子作りがチラつくからだ――と、言ってしまっていいのだろうか。深雪が迷っていると、廉威は軽く首を振った。

「案ずるな。決して悪いようにはしない。そなたの心情は理解している」

「え……」

……本当に？

国同士で決められた結婚で、互いの心がまだ寄り添っていないことを躊躇《ため》う深雪の気持ちを、廉威は理解してくれたのだろうか。少なくとも気づいてくれたのだろうか。

先日の様子を振り返ると、そんなに突然変わるものだろうかと思うのだが、不思議なことに、前回と違って廉威の言葉が素直に胸に入ってくる。安心するような気さえする。

中身は現代日本人の深雪でも、この身は正真正銘《しょうしんしょうめい》莞《げん》の公主で、だからこそ彼女の人生をひっくり返すようなことはできない。彼女の人格は見当たらず、この婚姻をどう思っていたのかもわからないけれど、深雪の意思で現状を変えてはいけない。

どの道、すでに菱《りょう》の薫嶺城《くんれいじょう》に来てしまった今となっては、逃げ出すなんて不可能だろうし、深雪のわがままで国同士の争いになったり、その結果多くの命が奪われたりすることになるのは、絶対に嫌だ。

廉威との結婚は避けられない、それはとうに納得している。深雪にできるのは、その上で自分が、そして廉威も、互いでよかったと思える夫婦を目指すことだ。口ぶりからして、廉威もそれを検討する余地がありそうなのがありがたい。

だって……たぶん私にとってこの人が、最初で最後の伴侶だもの。嫌な人だなんて思いたくないし、できれば好きになりたい。そうだよね。革新的な王さまなんだから、聞く耳は持ってくれてるはず――。

ふいに廉威は手を伸ばし、深雪の頬に触れた。互いの間にティーテーブルのような小卓があったが、廉威のリーチは難なく乗り越える。

簪に触れたのかと思ってそのままじっとしていると、廉威は身を乗り出した。顔が近づく。

あれっ？　私の気持ちに気づいて理解してくれたんじゃなかったの？

「そういうのはナシだって言ったじゃないですか！」

とっさに手のひらで顔を押し返すと、廉威はその手を握ってにやりとした。

「唯一の妻に触れられないと？」

「違うでしょ。お妃が五人もいるって、自分で言ったんじゃありませんか。だから私は――」

「妃なら片づけた」

「は……？」

手を握られたままなのも忘れて、深雪は呆然《ぼうぜん》と廉威を見返す。

「片づけた……って、どういうことですか？」

「そのままの意味だ。全員暇《ひま》を言い渡して、今朝には引き払わせた。門の向こうの宮殿はどれも無人だ。疑うなら、これから見に行くか？」

え!?　本当に後宮を解散しちゃったの!?

いくら国王でも、そんなことができるのだろうか。彼女たちがいなかったら、国の存続にもかかわりはしないのか。尚書令《しょうしょれい》の活子規《かつしき》は反対しなかったのか。

というか、絶対に無理な注文だと思ったからこそ、深雪は断りの理由にしたのだ。実現してしまうなんて、想像もしていなかった。ある意味歴史的な事件を引き起こしてしまったわけで、胃が痛くなりそうだ。

「なんてことを……大問題じゃないですか」

「俺にしたら、そなたに触れられないことのほうが大問題だ」

廉威は深雪の手を両手で包み、軽く唇を押しつけてくる。

「俺としたことが、少々手間取って時間がかかってしまった」

「むしろ電光石火ですけど」

いきなり解散、撤収を言い渡されたって、妃たちだって納得がいかないだろう。会ったこともない女性たちだけれど、後宮に集うにふさわしい高貴な姫として選ばれて、彼女たちなりにプライドと夢を持って入内したに違いない。

この場合、王さまのお手付きになって、あわよくばお世継ぎを産む……っていうのが最大の目標で――あっ……。

ということは、やはり廉威は深雪の本心など知らなかったということか。まあ深雪のほうも、どうせ理解してもらえないだろうと口にしなかったのだからしかたない。伝えてもいないことをわかってもらおうと思うのが、そもそも虫のいい話だったのだ。

それよりも妃を一掃してしまったということは、そちらに任せられたはずの役目はすべて深雪に回ってくるのだ。つまり——。

夜のおつとめは全部、私の担当……。

王さまや将軍は、毎晩後宮や大奥に通っているイメージがある。同衾《どうきん》辞退は聞き入れられなくても、最悪五人の妃とローテーションが組めたかもしれなかったのに、その可能性を自らふいにしてしまった。

目論見の真逆に進みつつある現状にショックを受ける深雪に、廉威はとびきりの笑顔を見せた。

「ようやくそなたに会うことができた。今夜が待ち遠しかったぞ」

廉威の言葉に、深雪はふと目を上げた。

それはつまり身辺を整理するまで、深雪の顔を見るのも自制していたということだろうか。深雪があんなことを言ったから？

断る口実に過ぎなかったのに……。

廉威は深雪の言葉を聞き流すどころか、ある意味ちゃんと聞いて対処していた。その行動力は半端なく、むしろ行動力を称えるよりも、後先考えずにやっちまった感のほうが強いけれど。

でも……耳を傾けてくれた結果なんだ……。

ことの是非《ぜひ》はともかく、深雪の希望を廉威なりに理解して聞き届けてくれたのだろう。しかし廉威がそこまでする理由がわからない。深雪の言うことなど無視して、いくらでも自分の思うままにできる立場なのに。

「……どうしてですか？」

深雪の呟《つぶや》くような問いに、廉威は訊《き》き返すように片眉を上げた。

「どうしてそこまで――」

「決まっている。そなたに納得して妻になってほしいからだ」

先ほど妻と言われたときと同じく、わずかな心の震えを感じた。后《きさき》ではなく妻という言葉に、ほんの少し廉威との距離が変わったように思うのは気のせいだろうか。

「そなたを気に入っているから、手に入れたい」

……うわー……。

深雪は思わず口元を手で覆った。「好きです。つきあってください」すら言われたことがない身には、刺激的すぎるセリフだ。自分のほうは相手をどう思っているかはともかく、この手の言葉にはときめきを起こさせる力があるようで、深雪の鼓動が速くなる。

え……？　でも――。

深雪は動揺を抑えて、廉威に向き直った。

「私……気に入られるようなことをしたでしょうか？」

廉威に問うまでもなく、深雪の答えはノーだ。あえての行動も含めて、気に染まないことばかりだったはずだ。

「それは――」

「あっ、私が美人だからですか？」

唯一にして最大の美点に気づいてそう言ったのだが、それを聞いたとたんに廉威は吹き出した。

深雪は、はっとして慌てる。「私」と言いはしたけれど、第三者的に深雪《しんせつ》のことを言ったつもりだったのだ。臆面もなく自分を美人と言いきってしまったことに焦《あせ》るが、廉威はまだおかしそうに笑っている。

「たしかにそなたは美しいが、それを妻の条件とするなら、他にも当てはまる女人はいくらでもいよう。まさか己が国一番の美女とまでは言わないだろう？」

「そ、それはもちろんです！　というか、先ほどの美人発言も――」

言いわけしようとする深雪に、廉威は片手を振った。

「容姿も好ましい。しかしそれだけでなく、会話が楽しい。なにかしらの反応が大きく返ってきて、飽きない。世の中、人形のような女人が多いからな」

……ええと……。

これまで廉威の近くにいたのは、上品で淑《しと》やかな典型的お姫さまタイプばかりだったから、目新しくて面白い、ということだろうか。莞の公主ならその最上位機種だろうと思っていたのに、意外でウケた、と。

まるで珍しいオモチャか、やんちゃなペットのように見られている気がするけれど、好感を持たれているのは事実らしい。少なくとも輿入《こしい》れしてきた莞の公主という記号ではなく、一個人として認識してくれているとわかったのは、深雪的に大きな前進だ。

「では――」

そう言って廉威が立ち上ったので、深雪も見送るべく腰を浮かそうとした。しかしそれより早く背後に回った廉威に抱擁《ほうよう》される。

「ちょっ……」

飛び上がらんばかりに驚いたが、振り解きはしなかった。せっかくプラス方向に向いてきたのを台なしにしたくないという思いもあったけれど、廉威が深雪個人を見てくれているなら、深雪ももっとちゃんと廉威を知っていくべきだと思ったのだ。

深雪の髪に頬を寄せているらしく、廉威の髪がさらりと流れて耳朶《じだ》を擽《くすぐ》る。思わず首を竦《すく》めると、大きな手に顎《あご》を取られて仰向《あおむ》かされた。

「明日になれば夫婦だというのに、待ちきれぬな」

廉威の顔が近づいてくる。間違いなくキスの流れだとわかっても、抗《あらが》えない。ここから先は深雪も歩み寄っていかないと、望むような進展は訪れない気がした。だからといって、まだまだキスをするような感情は芽生えていないので、緊張ばかりが高まっていく。

焦点が合わなくなったと思った瞬間、唇を塞がれた。唇を舌でなぞられ、湿っていく感覚に狼狽《うろた》えていると、隙間から舌が忍び込んできた。

「……んっ……」

思いきり仰《の》け反《ぞ》ってしまい、さらに唇が深く重なった。歯列や上顎を撫《な》でられ、さらに舌を搦《から》めとられて、息もつけない。

頭の中まで掻《か》き回されてるような……くらくらする……。

椅子の肘《ひじ》掛《か》けを掴む指先が、次第に大きく震え出す。それが肘から肩まで伝わって――ふいに身体の力が抜けた。

「深雪《しんせつ》!?」

気づけば椅子から滑り落ちそうになっていた深雪を、廉威が抱き留《と》めてくれていた。一瞬、気が遠くなっていたらしい。

「大事ないか？　具合は？」

廉威は心配してくれているようだが、深雪はそれどころでなく赤面した。キスで気を失いそうになるなんて。というか、今しがたまでキスをしていた相手を、どんな顔で見ればいいのか。

「……ごっ、ご心配なく！」

そう言って立ち上がろうとしたのだが、膝が緩んでしまっていて果たせなかった。近くでため息が聞こえ、廉威が深雪の身体を椅子の背にもたれさせてくれた。

「深窓の姫君だということを失念していた。明日のこともあるし、自重するとしよう」

「……そうしていただけるとありがたいです……」

翌日の婚礼の儀は、ごく少数の臣下が参列する短時間で簡素なものだった。唯一にして最大のイベントは外朝の龍封《りゅうふう》神殿にて行われた、神前での婚姻の誓いで、あっという間に終わってしまった。

初めてちゃんと髪を結い上げ、金細工の髪飾りをあしらい、緋色の襦《じゅ》と東雲《しののめ》色の裙に金糸織の帯という、豪奢《ごうしゃ》で華やかな支度を整える時間のほうがよほど長かった。

廉威はきりりと髷《まげ》を結い、国王の礼装である冕服《べんぷく》だった。漆黒に銀糸で龍が刺繍された袞衣《こんえ》にウコン色の裳《しょう》と生成りの下裳を重ね、大帯と紳《しん》を締めてエプロンのような朱色の蔽膝《へいしつ》を垂らす。

古代中国なら、冕服の名前の元となった冕冠《べんかん》という簾《すだれ》が前後に下がった板のような冠を被るのだが、この世界にはないらしい。深雪的にはそのほうがいい。廉威がそんなものを被っていたら、きっと笑ってしまう。

そういうお笑い要素がなかったので、廉威の姿はひたすらカッコよく、国王の威厳も感じられた。

神殿から帰る間、何度となく隣を窺《うかが》っていたのを気づかれて、廉威は口端で笑った。

「なにを見ている」

「いえ……とてもすてきだと……」

「嬉しいことを言ってくれる。そなたもいつにもまして美しい」

「はは……ありがとうございます」

なにを褒め合っているのだろう。こんなふうに和気あいあいとするような状況ではなかったはずなのに。ウェディングマジックだろうか。結婚願望なんてこれっぽっちもなかった深雪でも、浮かれているのを自覚する。

そうだよ。ついに結婚しちゃったんだから……。

披露宴のようなものはないが、宮城内ではそれぞれの区域で、祝賀の宴が開かれるらしい。主役たる廉威や深雪《しんせつ》は参加しない。

後宮の門を入ったところで廉威と別れ、深雪は新しい宮殿に連れていかれた。金蓮宮《きんれんきゅう》という大きく豪奢な宮が、后の住まいだ。

「うわー……豪華」

蓬里宮も瀟洒《しょうしゃ》で居心地がいい宮殿だったが、あれがラグジュアリールームなら、ここはまごうかたなきスイートルームだ。いや、ビジネスホテルくらいしか泊まったことはないから知らないけれど。

女官や侍女も増員されるということで、何人もの新顔から挨拶を受けた。以前は中国風の名前に戸惑《とまど》ったけれど、どうにか覚えられるようになった。誰だって名前で呼んでもらったほうが嬉しいだろうから、深雪も必死だ。

そういえば……廉威も私を名前で呼んでたな……。

深雪にとってはやはり深雪《しんせつ》は本名ではない感じがするので、一瞬戸惑う。なんだか騙《だま》しているようで、ちょっと気も咎《とが》める。しかし深雪と呼んでほしいなんて言ったら、怪しさしかないだろう。この世界で生きていく以上、深雪《しんせつ》という名に馴染むべきだ。

装束を脱ぎ落とし、髪も解いてもらって、ゆっくりと沐浴《もくよく》した。やはり緊張していたのか、湯の温かさに身体が解れていくようだった。

結婚しちゃったよ……びっくり。

本来なら、独身のまま二十三の若さで死んでいたはずだったのだ。いや、生き長らえても結婚できたかどうかは不明だけれど。

それが異世界の公主として生きることになってしまった。しかも公主から后にアップグレードだ。

お后かあ……うん、ここまで来たからには、自分なりに頑張るよ。それより直近の問題は……。

昨夜、キスだけで伸びてしまった深雪を、廉威は意外にもあっさり解放してくれたが、晴れて夫婦となった今夜は、そうはいくまい。

覚悟を決めたというよりは、まな板の上のコイ状態だけれど、以前と比べたらかなり前向きといっていい。

湯殿を出た深雪は薄物の上に袖なしの襦を羽織り、新しい居間で鈴悠に淹《い》れてもらった花茶を味わった。

すでに日も暮れ、窓の外からは木立が風に揺れる音がする。静かで落ち着いていて、このまま眠ってしまえたらさぞ心地いいだろうけれど、あいにく刻一刻と眠気も吹き飛ぶ緊張感に見舞われていく。

そのとき、廊下の先のほうから侍女の驚く声が響いた。昨日も同じような訪《おとな》いだったと、深雪は確信を持って立ち上がる。扉へ向かうより早く、廉威が姿を現した。危うくぶつかるところだ。

「主上……！　ようこそお越しくださいました」

深雪としてはかつてないほど愛想よく出迎えたつもりだったが、廉威は深雪の顔を覗き込んだ。

「本心から歓迎しているのか？」

「えっ、それは……」

とっさのことで言い淀《よど》む深雪に、廉威は苦笑した。

「結婚を機に、いっそ同居したほうがいいのかもしれんな。顔を合わせる時間が長ければ、それだけ早く慣れて日常になるだろう。そもそも夫婦が別々の宮殿で暮らすことがおかしいと思わぬか？」

「そっ、そんなの困ります！」

同じ家で暮らすなんて、ずっと緊張しっぱなしになるじゃない。そんなのもたないよ……。

「土産だ」

ぽんと深雪の手に載せられた包みには、干した果実が入っていた。

「あ、デーツ？　じゃなかった、ええと……ナツメヤシですよね」

廉威は驚いたように目を瞠った。

「よく知っているな。産地ははるか西方で、遊牧民か隊商から手に入れるくらいだろうに。それとも莞の王家では珍しくもないものか？」

そうなのか。元の世界でも中東の土産になるものだが、そこは現代、流通が発達しているから、その辺の店でも手に入った。

しかしここが古代中国のような状況なら、入手するのはひと苦労だろう。

「……いえ、一度食べたことがあるだけで、甘くて美味しかったのを覚えてます。こんなにたくさん、ありがとうございます」

ごまかしながらそう答えると、廉威はまんざらでもなさそうに頷《うなず》いた。

「主上もいかがですか？　お茶請けにしましょう」

「いや、茶を飲む時間が惜しい。明日も早くから朝議がある」

……あれ？

深雪はぽかんと廉威を見上げてしまった。婚礼の儀を済ませたからには、今夜は初夜と思い込んでいたのだが、違ったのだろうか。頭に詰まっているしきたりその他をチェックしても、結婚式の夜が初夜というのは、現代と同じだと思っていた。菱では独自の風習があるとか？

安堵《あんど》しながらも、そのつもりで構えていた自分がなんだか恥ずかしくなってくる。

そうなの？　紛《まぎ》らわしいなあ。じゃあ、わざわざデーツを持ってきてくれただけだったってこと？　忙しいなら使いを寄こしてくれればよかったのに。

なんにせよ、そういうことなら長居をさせては申しわけない。

「そうでしたか。主上御自らありがとうございました。では、おやすみなさいませ」

感謝を込めて挨拶すると、廉威は微妙な顔をした。

「はぐらかしているつもりか？」

「は？　いえ、なにも……」

もしかして、デーツの件を怪しんでいるのだろうか。莞で暮らしていた者が知っているはずがない、ひいては本物の公主なのかと、今さら疑っている？

深雪が内心焦っていると、廉威は片手を壁についた。ここまで部屋の入り口でやり取りをしていたので、深雪は壁に背中を押しつけられる体勢になった。

……これはまさに、壁ドンってやつじゃ——。

まさか自分が体験するなんて夢にも思っていなかったと感慨《かんがい》にふける間もなく、廉威が顔を近づけてきた。着替えを済ませ、髪もいつもどおりに無造作に結い直したらしく、ちょっとワイルドなイケメンだ。

いや、そんな感想を持ってる場合じゃない！

「今日、俺たちは晴れて夫婦となったわけだが」

「……はい、そうですね……」

「そなたは俺の唯一の妻だ。この時間に会いに来たら、どう過ごすかくらいわかりきっているだろう」

つい、と顎を取られ、深雪は思わず逃れるように背を向けた。

「やっぱりそうなんですね！　それならそうとはじめから言ってください。そのつもりでいたのに、デーツをくれたり朝が早いと言ったりするから――」

「それは嬉しいことを聞いた。本当に俺の訪いを待ってくれていたのか」

「そっ、……それは……」

背中から抱き竦められて、答えるどころではない。それに否定的なことを言ったら、また以前の状況に逆戻りしてしまう。もう婚礼の儀も終えたのだから、中身は別人だのと躊躇《ちゅうちょ》する時期は過ぎたのだ。これからは、廉威の妻として前向きに生きていく。

「……遅まきながら決心しました。すでに后の身となりましたからには、誠心誠意その任を果たそうと――」

「そう堅苦しく考えることはない」

思った以上に近くから、おそらく耳のすぐ後ろ辺りで声が響いた。廉威も湯浴みをしたのだろう、沈香《じんこう》——あの線香に甘さがプラスされたような香りはそれだと、後から知った——がほのかに香る。

「妙に意気込んでありきたりの后になることなど、俺は望んでおらぬ。そのままのそなたを気に入ったのだ」

……あれ……？

なんだか状況がずいぶん変わったような気がする。初顔合わせのときを思い出すと、全然違う。深雪も時間を重ねるにつれて、困惑《こんわく》や憤りや諦めや譲歩と、さまざまに葛藤した末に方向を定めたけれど、そして今もまだ正直なところは揺れているけれど、廉威も変わった。

私のことを考えて、譲歩してくれたのかな……？

いや、少しだけ、ほんの少しだけれど、深雪が廉威を知ったということだろうか。第一印象が人の話を聞かないキザで自信家だったから、それだけでこういう人だと決めつけていたところがあったのだろう。

そっと振り返ると、廉威は笑みを浮かべて頷いた。

「悪いようにはしないと言っただろう」

第一あのときの廉威を評する前に、深雪はどうだったかという話だ。今振り返れば、深雪の言い分のほうが明らかに常軌を逸していた。后となるべく嫁《とつ》いできておきながら、当然まっとうすべき義務まで、理由をつけて避けようとした。

それに対して廉威は、深雪がほんの思いつきで出した断りの条件を、あっさりとクリアしていった。その思いきりのいい行動力は、さすがは「菱の銀龍」と称されるだけのことはある。小説内での別称だけれど。

廉威のほうが何枚も上手で、逃げ道を封じられたという感もなくはないけれど、逃げ回っていた自分と比べれば、自分の望みを実現すべく動いた廉威のほうがよほど建設的で、そういう気性は好ましい——かもしれない。

それに廉威が妃を一掃までしたから、深雪も覚悟を決められたのだ。それがなくても現実的な状況は変えられなかっただろうけれど、きっと気持ちは後ろ向きのままで、廉威を始めとして周囲の人々まで恨めしく思い続けていた気がする。

なにより、そのままの深雪がいいと言ってくれた。その言葉は強く胸に響き、今も深雪自身の鼓動と重なりながら残響を繰り返していた。

深雪自身を見てほしい、知ってほしいという願いを、偶然にも廉威は叶えてくれつつあるのだろうか。それなら深雪だって、もっと廉威を知ろうとしなければ。男女の関係を結ぶのは、きっとその手段のひとつになる。

突然別世界に引き込まれ、それが結婚前夜ともいうべきタイミングだったから、思いきり動転してやることなすことめちゃくちゃだったけれど、ざっくり言えば見合い結婚のようなものだろう。そういう形式を経て結婚に至った男女が、必ずしも恋愛感情を持ち合わせているとは限らないし、結婚後に気持ちが通じ合ったり高まったりすることだって皆無ではないはずだ。

すでに婚礼の儀を済ませた深雪としては、これから廉威との関係を深めていくべく努力すればいい。

いや、使命感を持ってしまうとよくない。いい夫婦になれればいいな、くらいの気持ちでいけばいいよね。

少なくとも今の廉威と生涯を共にするのは嫌ではないし、廉威に気に入られているのは嬉しい。

そう結論づけた深雪は、また迷わないうちにと廉威に向き直った。

「わかりました。子作りしましょう！」

「そ、率直だな……」

廉威らしくもなくたじろいだ様子だったが、すぐにふっと笑い、額に落ちるほつれ毛を掻き上げる。

「まあ、その気になってくれたならなによりだ」

応じたものの、どうしたらいいのかわからず棒立ちの深雪の肩を抱き、廉威はそうと意識させないさりげなさで寝所へ移動した。

古代中国のベッドは超豪華な押入れのような造りだが、この世界でも同様だ。呼び名も同じく牀《しょう》という。

形は正方形に近く、三方が凝《こ》った透かし彫りの壁で囲まれている。天蓋《てんがい》も重厚で、木組みに飾り彫りの板が何層にもはめ込まれ、錦織や薄絹の布が垂れ下がっていた。

廉威は出入り口部分の薄絹を上げて深雪を座らせると、おもむろに需に手を伸ばした。

「え？　じ、自分で！　じゃなくて鈴悠に——」

「侍女はもう下がらせた。脱がせるくらい俺でもできる」

いつの間に⁉　っていうか、誰も控えてないの？

聞きかじりだが大奥などでは、たしかにことが行われたかどうか監視する役目があったはずだ。いや、覗き見されたいわけではないのだから、これでいいのだろうか。

「でっ、では私も——」

脱がされるのをじっと待つなんて耐えられないので、深雪は反射的に廉威の衣服に手をかけた。廉威が着ているのは深衣で、帯を解けばはらりと前が開く。しかし、その下に着ているはずの内衣がなかった。ダイレクトに素肌が見えて、深雪は慌てる。

「うわ、なんで!?」

一国の王が、バスローブ一枚みたいな恰好でうろうろしていたというのか。

「どうせ脱ぐのだから、簡単でいいだろう」

廉威は前をはだけたまま、深雪を抱き上げて布団の上を滑った。深雪は需を脱がされて、薄物一枚の身体に、異性の肉体を感じて狼狽える。同じ人間とは思えない、なんて硬い身体なのだろう。そしてツルツルするほどなめらかな絹の布団の上とはいえ、深雪を引き上げた力の強さに驚いた。こんなに圧倒的な力の差がある相手に対して、よくも言い返したりしていたものだ。そもそも立場上、歯向かえもしないのだが。

ふと頬に手の感触を覚え、深雪は目を上げた。室内に控えめに点《とも》された明かりが、透かし彫りを通してさらにおぼろげに廉威を映し出す。その顔は柔《やわ》らかく微笑んでいた。

「深雪《しんせつ》……」

わ……名前で呼ばれた……！

自分の本当の名前ではないと思いながらも、深雪を呼んでいると伝わってくるからなのか、たったそれだけのことなのに、胸が騒いだ。こういうのをときめきというのだろうか。

図らずも陶然《とうぜん》としていると、廉威の顔が近づいて唇が触れた。

初めてじゃないし、狼狽えるな、私……。ついでに気絶するのもナシだから。

そう念じて身を固くしていた深雪だったが、舌が忍び込んでくればさすがに慌てる。思わず自分の舌を引っ込めたのに、廉威は追いかけてきてやすやすと搦めとってしまう。

「……ん、……んっ……」

昨夜と違って横たわっていたので、いい具合に力が抜けていたのか、気づいたときには心地よくなっていて、それに愕然《がくぜん》とした。キスってこんなに気持ちがいいものなのかとか、どうして自分は感じているのかとか。

深雪の反応が変わったのに気づいてか、廉威はゆっくりとくちづけを解く。

「深雪《しんせつ》の唇は甘い……」

照れるそぶりもなくそんなセリフを呟く廉威に、深雪はうっとりするとはいかず、我に返って照れてしまう。まあ第三者視点なら美男美女で画的にも文句なく、映画のように見惚《みほ》れる光景なのかもしれないが、なにしろ中身が深雪で、しかも当事者なので。

「ひゃっ……」

「ここも甘いのか？」

首筋を舌でなぞられ身じろいだ深雪は、薄絹越しに胸を揉まれて焦った。薄物の下には、ホルターネック風の前だけのキャミソールのような下着をつけていたのだが、その紐はすでに解かれていたらしく、まったくブラジャーの役目を果たしていなかった。指はすぐに乳頭を探り当て、引っ掻くように刺激する。

「や、ちょっと……」

待ったをかけようと思ったのに、ちりちりした疼《うず》きが押し寄せて、そこが痛いほど硬くなるのを感じては、自分に裏切られたような衝撃を受ける。

そんな……そんなことって……いや、条件反射だから、きっと！

「味わわせろ」

そう言うなり、廉威は薄物の合わせを開き、下着の布も取り去るとむしゃぶりついてきた。それまでのゆったりした動きに替わって、激しいと言っていい愛撫《あいぶ》に、深雪は翻弄される。乳頭に吸いつかれ強く吸われて、奥歯が疼くような不可思議な感覚に襲われた。反対の乳房も揉《も》みしだかれ、指先で捏《こ》ねられる先端が痛いくらいなのに、そこに奇妙な快感がある。

初めてなのに、どうして？　まさか深雪《しんせつ》が経験者ってことはないよね？

混乱するあまり、そんなことまで考えてしまう。この世界では、他国の妃になろうという公主が、純潔でないなんてあり得ない。

深雪の身体を滑り下りた手が、太腿の間に潜《もぐ》り込んできた。ここまでの間に薄物の裾はまくれ上がってしまっていて、廉威は難なく深雪の秘所に指を這《は》わせる。

「あっ……」

秘唇《ひしん》をなぞられ、解けたそこがぬるりと湿っているのを感じて、深雪はぎょっとした。それ以上に、甘美な刺激を受けて当惑する。廉威の指が小さな尖《とが》りを弄《もてあそ》んでいるのだ。

「あ、ああ……」

仰け反って快感を訴《うった》える深雪の頬に、廉威は褒美のようなキスをすると、身体を下方に移動した。脚を開かれるのを感じても、与えられた快感の強さとその事実に呆然《ぼうぜん》として、抗うことも思いつかない。

敏感になったそこに吐息を感じたかと思うと、次の瞬間には息を呑《の》む。花蕾《からい》を舌で弄《まさぐ》られているのだと気づき、とんでもないことをしているのではないかと焦ったけれど、快楽が大きすぎて悦《よろこ》びを表すこと以外できない。

すごい……エッチってこんなに気持ちいいの？

幸か不幸か性欲に乏《とぼ》しく、というか創作物を堪能しては脳内妄想で満足する人生を送ってきたので、深雪は自慰の経験もなかった。自分の身体がこんなにも呆気《あっけ》なく快感を得ているのが衝撃だ。

しかもそれは刻一刻と高まって、どこかへ上りつめようとしている。もしかしたら絶頂というものを味わってしまうのではないか。

花蕾を吸われながら舌で擽られ、深雪は身体を大きく波打たせた。跳ねる指先まで痺《しび》れたようになって、何度もしゃくり上げる。

廉威が身を起こしたようだが、心臓が激しく高鳴って、あられもなく投げ出した下肢を取りつくろうこともできない。

「可愛《かわい》いな。どうしてやろう――」

そんな囁きを耳にしながら、着衣を脱ぎ落としていく廉威を見上げた深雪はどきりとした。最初は異性の裸体を目の当たりにした動揺かと思ったのだが、廉威の表情にもっと鼓動が高鳴った。

男らしいタイプのイケメンなのは承知だったけれど、そこに今はなんというのか――色気のようなものを感じる。薄暗いからか瞳孔の大きさも違うようで、濡れたようにきらめいていた。視線が合うと、ぎゅっと心臓を掴まれたような気がして、我知らず声が洩れた。

それを合図のように廉威は深雪の腰を抱き、濡れ綻《ほころ》んだ場所に熱く硬い塊《かたまり》を押しつけてきた。正直なところとても受け入れられるとは思えない感覚だったけれど、後には引けない。というか、完遂しなくては意味がない。

「……うっ……」

「だいじょうぶだ。力を抜け」

そう言うけど、そっちはぐいぐい来てるじゃないの。私、初めてなんですけど！

なにか言い返してやろうと口を開きかけたとき、ぐっと身体を開かれた。

「んっ、あっ……」

反射的に廉威にしがみついた深雪は、さらに下肢を引き寄せられて、深々と廉威のものを受け入れたのに気づいた。結果的にはビビっていただけで、それがなければ意外とスムーズな結合だったようだ。

廉威が満足げに息をつく。

「深雪《しんせつ》の身体は心地いいな……おまえは——」

おまえと呼ばれたのは初めてで、深雪は思わず目を上げた。名実ともに夫婦になったから、これまでとは呼び方も変わったのだろうか。

「よくはないか？」

「……いっぱいいっぱいです、いろんな意味で。あっ、動かないで……」

耐えられないものではないけれど、鈍《にぶ》い痛みがある。初めてならこんなものだろう。むしろ想像していたよりつらくなかった。

「なるほど。では、そろそろ先に進むぞ」

「えっ、あ……」

平気ですと言ったつもりはないのだが、続けなくては終わらないので、深雪もできるだけダメージを負わないように、未知の行為なりに努力した――。

「……あの――」

どれくらい時間が経ったのか、はじめは深雪の中を探るように動いていた廉威が、いつしか浅い抜き差しをしていた。その間も、深雪の身体中にキスをして、胸にも手が離れるときがないくらい愛撫を続けていた。

深雪の緊張や羞恥も解けて、そうなると廉威が施すあれこれが次第に気持ちよくなってくる。

いや、これは明らかな快感だ。

ことに先ほどから、廉威のもので擦られる中が疼く。なにか変化が起こりそうなのに、それを焦《じ》らされているようで、焦りにも似た心地だった。

ずっと深雪を見下ろしている廉威が、わずかに首を傾げた。

「なんだ?」

「……まだ、ですか?」

とたんに廉威は肩を震わせ、その振動が伝わって中のものの存在を鮮やかに感じた深雪は狼狽えた。

「あ、やっ……」

「まだ、だな」

「えっ？　そんな――」

「いや、もう少しか」

そこから廉威の動きが激しくなった。大きく引いたかと思うと、根元まで突き入れてくる。しがみつく深雪を包むように抱き締めて、動きに合わせて揺さぶる。

単調な動きの繰り返しのはずなのに、そこから湧き出てくる快感のなんと凄まじいことだろう。このままではきっと――。

いっちゃう……。

それも先ほどの花蕾を刺激されたときよりも深い悦びが、もうすぐそこまで来ている気がする。初めてなのにそれでいいのか、はしたない、という思いが脳裏を過《よぎ》りはしたけれど、廉威が止めてくれない限りはどうしようもない。

「深雪《しんせつ》……愛《いと》しい……」

耳に吹き込まれた囁きが、堰《せき》を切った。身体の奥からせり上がってくるようなうねりに攫《さら》われ、深雪は腰を跳ね上げながら、廉威を強く食い締めた。身体で感じる相手の脈動に、さらに悦びに震える。

低く呻《うめ》いた廉威が深雪に体重を預けてきたとき、彼もまた達したのだと理解した。目標を達成した充足感からか、深雪は疲労を感じて重い腕を廉威の背中に回す。わずかに汗が浮いた温かな身体が、なんだかとても好ましい。

いや、これは……たぶん揃って夫婦のつとめを果たしたという、そういう気持ちだから。

「満足できたようでなによりだ」

気づけば廉威がこちらを向いていた。どことなく自慢げな顔に見えて、今しがたの絶頂が少し恥ずかしくなってくる。

「べつに……主上がことをなしてくだされば、それでよかったのです」

自分たちの場合、夫婦の歩み寄り以上に重要視されているのは子作りだ。

「それは違うだろう」

しかし廉威は即座に否定した。

「交わる以上は、ともに悦びを分かち合いたい。少なくとも俺はそう思っている」

……え？　えっ……。

深雪の頭から子作りという使命が離れない以上に、廉威もまたそれを目的としているのだと、当たり前のように思っていた。しかしはっきりと否定され、その上お互いに行為を楽しむべきと言われ、深雪は目から鱗《うろこ》が落ちる気がした。

しかしそうと知ると、たしかに一連の流れは、深雪が慣れていないことを考慮しても、ずいぶんと時間をかけられていた。深雪の身体が目覚めるのを、辛抱強く待っていたのだろうか。

もっと自分本位なエッチをするタイプかと思ってたのに……全然違った。

最中は無我夢中だったけれど、深雪の反応を見ながら愛撫を加えていたようにも思われ、そのときの自分を思い出して恥ずかしくなりながらも、廉威の言葉は事実だと思った。自分だけでなく、深雪のことも思いやってくれている。そしておそらくそういう行為が、悦びにも繋がるのだろう。

この人とエッチするの、嫌じゃない――っていうか、好きかも……。

廉威が深雪の首筋にくちづけながら、再びゆっくりと動き出す。達してからも繋がったままだったのだが、本当に吐精したのかと思うくらい、廉威のものは逞《たくま》しく滾《たぎ》っている。

「えっ？　ちょっと待ってください！　もう終わったんじゃ――」

「回数が決まっているものではないだろう。もっと深雪《しんせつ》が欲しい……」

後半は甘く囁かれたが、予想外の展開に深雪は慌てた。

「朝議があるって――」

「ああ。だから言い合っている時間が惜しい。その分、もっと触れ合いたい」

これ以上の反論は聞かないとばかりに唇を塞がれ、深雪は甘い悦びに翻弄されていった。

4

深雪《みゆき》は内衣《ないえ》の襟《えり》に黙々と刺繍を施していた。

極上の絹を使った浅葱《あさぎ》色の内衣は、廉威《れんせい》のために仕立てられたものだ。その襟部分に厄除けの刺繍をするのが、騎馬民族だった時代から菱《りょう》に伝わる新妻の仕事だという。

「あまり根をお詰めにならずとも、よろしいと思いますよ。お后《きさき》さまがお疲れになっては、主《しゅ》上《じょう》が悲しまれます」

見守っていた鈴悠《りんゆう》が、休憩を促すように花茶を淹《い》れてくれた。

「でも、世の中の奥さんがやってることなら、私もやらないと……」

もちろん深雪はこれまでに刺繍をしたことなどないが、深雪《しんせつ》の記憶に技法は残っていた。しかしやり方はわかっていても、技術までは引き継げなかったのか苦労する。一点を凝視《ぎょうし》しすぎて、目がしばしばした。指が凝《こ》るというのも初めての経験だ。

「首の後ろだけでも充分かと」

「でも、主上は洒落者《しゃれ》だから。どうせなら派手なほうがいいでしょ……できたあ！」

達成感のあまり内衣を広げて見せると、鈴悠が目を丸くした。

「まあ……素晴らしいお手でございます！」

「そう？　そうかしら？　頑張っちゃったから」

お世辞でも褒められると嬉しいものだ。なによりやり遂げたという達成感がいい。

「ことにこの鳥の躍動感が――」

「龍なんだけど……まあ、どうせ隠れちゃうし、なんでもいいわね」

はっとした鈴悠は、ごまかすように笑った。

「はい、瑞獣《ずいじゅう》ということで……主上もきっとお喜びになりますわ」

「そうかな……」

我知らず深雪は笑みを浮かべた。

「仲睦《なかむつ》まじくいらして、私共まで幸せな心地でございます」

仲睦まじく……。

そう評されることがなんとなく気恥ずかしくて、深雪は花茶の器を口に運んだ。

婚礼の儀から半月あまりが経ち、お后さまと呼ばれることにも慣れた。自分が廉威の妻となった自覚もある。

しかし廉威の夫ぶりには、日々驚かされ戸惑《とまど》わされている。あんなふうになるとは予想していなかったのだ。

ひと言で言うと愛妻家、だろうか。王としての勤めこそ以前と変わらず精力的にこなしているようだが、それ以外の時間をほぼ深雪のそばで過ごす。デーツを喜んだせいか、珍しい茶菓の手土産も欠かさない。

なによりも深雪が狼狽《うろた》えたのは、言葉を惜しまない賛辞の数々と、王さまとして人前でそれはどうなのかと思うくらいのスキンシップだった。今日も美しいとか、なにをしても愛らしいとか、顔を見ているだけで楽しいとか。それにハグやキスが加わるのだから、どう反応したらいいのかわからない。

かつての妃たちとは、五人合わせて十日に一度くらいのかかわりだったと聞いていたのに、このまめさはなんなのか。もしかしたら、深雪との関係が良好だと知らしめることが、なんらかの政治的効果を生むのだろうか。

それならそうと教えてくれてもよさそうなんだけど……。

そもそも国同士の結びつきが狙いの政略結婚で、廉威だってはじめは互いの身分による責任と務めを前面に押し出して深雪を説得しようとしていた。後から深雪自身にも関心を持っていたと知って、それが深雪に一歩踏み出すきっかけをくれた。

しかしそこから一足飛びに愛し愛されの夫婦に到達するのは、おかしくないだろうか。だからなにか理由があっての行動なのではないかと思ってしまう。

実際、深雪のほうは廉威のノリに全然追いついていない。嫌いではないし、見惚《みほ》れたりカッコいいと思ったりしたのはもちろん否定しないけれど、戸惑いのほうが大きい。最近はなんだか恥ずかしい気持ちもあって、廉威が近づいてきたり、それらしい雰囲気が感じられると、内心どんなに焦《あせ》っていようと気づかないふりでスルーしてしまう。

いや、本気で避けてるわけじゃなくて……最終的にはいい夫婦になりたいと思っているし。

そう、実際にちょっと忙しくしていたから。

先日まで、ひたすら女官や侍女を相手に解毒剤の調合を教えていた。今後常備しておくのは必須だと考えたからだ。今の深雪にできる唯一の貢献でもある。

その間も廉威は近くで作業を眺めていたけれど、じゃますることもなく見守ってくれていた。深雪なりに国の役に立ちたいという意思を、きっと汲《く》んでくれたのだろう。それだけでなく、保存性が高い容器を探す深雪に、考工《こうこう》に作らせようと提案してくれた。

その代わりにということでもないけれど、妻としてもしっかりつとめようと、刺繍は頑張ったのだ。出来栄えはともかく。

「夜啼鳥《よなきどり》の囀《さえず》りが耳に心地よいな」

そんなセリフとともに廉威が姿を現した。深雪は照れを隠して、呆《あき》れた体《てい》を装いつつ言い返す。

「まだ日も高いというのに、夜啼鳥は鳴かないでしょう」

褒め言葉がネタ切れなら、無理に作らなくてもいいのに。そのほうが深雪も平常心で対応できる。

まさか全部見抜かれてて、私が狼狽えてるのを見て楽しんでる……とか。まさかね。

「深雪《しんせつ》の声がそれだけ愛らしく聞こえたということだ」

またそういうことを言うと思いながらも、けっきょく頬を赤らめた深雪に手渡された包みは、温かく甘い匂いがした。

「百合根餡《ゆりねあん》の包子《パオズ》だ」

「あれ美味しかったです！　嬉しい！　お茶にしましょう」

先日、深雪が夢中で食べたのを覚えていたのだろう。ちゃんと見てくれていて、その上記憶してくれているのはやはり嬉しい。

蒸し立ての包子を頬張りながらお茶を飲んでいると、侍女が衣桁《いこう》にかけた内衣を運んできた。

「お后さまのお手による刺繍でございます」

「おお！」

廉威はすっくと立ち上がると、衣桁に歩み寄ってしげしげと内衣の襟を見つめた。

「これを深雪《しんせつ》が？　素晴らしいな！　特にこの龍の躍動的なこと！」

えっ……？

深雪は思わず鈴悠と顔を見合わせた。深雪作のモチーフを龍と判じるとは、案外廉威の美的センスも大したことはないのだろうか。

「違うのか？」

「いいえ、龍のつもりです。あまり上手じゃないんですけど」

「なにを言うんだ。まがうかたなき龍ではないか。これほど見事な厄除けが施されていれば、どんな矢も避けて通る」

気をよくしてしまった深雪は、戻ってきた廉威が背中からハグしてきても、笑顔で受け入れていた。

——後日わかったことだが、廉威は居室に入ってくるまで、しばらく扉の陰で室内のやり取りを聞いていたと侍女のひとりが証言した。どうりで龍と断言したわけだが、深雪を喜ばせようとしてのことだと思うと怒る気にはなれなかった。むしろそんな気づかいを嬉しく思う。

ただ、刺繍を見せびらかしているのか、最近ますます廉威の着崩し方が激しくなったと、活《かっ》子規《しき》に会ったときにこぼされた。

愛妻家どころか、親ばかならぬ夫ばかだよね。本人もそんなキャラを楽しんで演じてるのかもしれないけど。

とにかく一事が万事そんな調子なので、深雪の廉威に対する態度もずいぶんと軟化したのではないだろうか。まあ、つねに顔を合わせていて、驚かされたり喜ばされたりと、総じていい方向に印象が傾いているのだから、つんけんする理由もない。

恋愛感情が芽生えているのかと問われたら、首を傾げてしまうところではあるが。そもそも創作物にふけるばかりで、自身ではまともに恋愛をしたことがないので、自分の恋愛感情というものがわからない。

つねに顔を合わせていると言えば、結婚以来、廉威はほとんどの夜を自分の宮殿に帰らず、金蓮宮《きんれんきゅう》に泊まっていく。当然のように夫婦の営みもあるのだが、后の寝間といえどことが済んだら退出するものと思っていたので、深雪は何度か改めたほうがいいのではないかと言った。

「深雪《しんせつ》の温もりを味わっていると、心身が安らぐ。それにそなたも、俺の腕枕が気に入っているようだが？　可愛《かわい》い寝顔だった」

当たり前のように腕枕をされたときには、絵に描いたようなシチュエーションが恥ずかしかったのに、たしかにその後、ぐっすり寝入ってしまったのだった。

最近は金蓮宮から外朝へ出勤しているような状態だ。そしてその状況も、深雪の中で日常となりつつある。

その日は朝から後宮を複数の男性が行き来していて、また樹妖《じゅよう》が現れたのかと深雪は慌《あわ》てたが、よくよく窓から覗いてみると、男たちは兵士でなく、都料匠《とりょうしょう》やその職人――いわゆる大工仕事に従事する者のようだ。

やがて掛け声とともに、丸太のコロを使って大きなもの運ばれていくのが木立の隙間から見えて、深雪は声を上げた。

「舟じゃない!? なんだかすごくきれい！」

サイズ的には四、五人乗りのボートくらいで、凝った意匠の屋根がついている。屋形船のように壁はないが、ちょっとした雨くらいなら避けられそうだ。

「銀龍宮《ぎんりゅうきゅう》の大池に運ばれるそうでございます」

「ああ、あそこなら余裕で浮かべられそう。ねえ、後で見に行かない？」

早くもそわそわしている深雪に、鈴悠は微笑んで頷《うなず》いた。

「作業が終わりましたら、お知らせいたします」

しかし知らせを受けるより先に、廉威が外朝から戻ってきた。

「深雪《しんせつ》！　会えるのが待ち遠しかったぞ」

熱烈と言っていいハグが終わりそうになくて、深雪はころあいを見て廉威に食事を促した。

この世界では昼は軽食で、肉入りの包子や具だくさんの汁物のみというメニューが多い。

廉威は食事をしながらも、深雪を見ては笑みを浮かべている。まあそれはいつものことなのだけれど、今日はいささか過剰というか——。

「なにかいいことでもありました？　ご機嫌ですね」

「ああ、後で連れていく」

どこへだろう。基本的に后は後宮から出ることはない。当初はそんなお后ライフに耐えられるだろうかと思っていたが、後宮は思った以上に広大で、まだ足を踏み入れていない場所も多い。今のところ退屈とは縁遠かった。

もちろん城外を見て回りたい気持ちもあるけれど、無理を押して廉威を困らせるのは本意ではない。希望を伝える程度にしておいて、いずれ許されることがあればいいと、今の生活を素直に受け入れている。意外と楽しんでいると言ってもいいかもしれない。

この世界に来たばかりのころだったら、きっと納得してなかったと思うけど、不思議と落ち着いちゃったんだよね、あのとき……。

悪いようにはしない、と言われて、その言葉が信じられると思ってしまったのだ。事実今日まで、それが嘘だったと思ったことはない。

自分たちの関係が本来の夫婦の在り方にどれくらい近いのかどうかわからないけれど、深雪がなにをしようと、どんな態度を取ろうと、寛容に受け止めてくれる廉威を、少しずつ頼り、好ましく思いもしている。少なくとも夫になったのがこんな廉威でなければ、もっと悲惨な生活になっていたような気がする。

「よし、行こう」

三倍速くらいで食事を終えた廉威は、勢いよく立ち上がった。まるで遊びに行きたくてたまらない子どものようだと、いつになく無邪気な振る舞いをおかしく思っていると、口端に包子のタレがついている。

「汚れてますよ」

手巾《しゅきん》で口元を拭《ぬぐ》ってあげると、廉威は目を瞬いてから、相好《そうごう》を崩した。

「深雪はよく気がついて優しいな」

一事が万事、こんなふうに深雪を褒めることに帰結してしまう。それも意識してのことではなさそうだと、最近気づいた。美辞麗句にまみれた褒め言葉を繰り出すのも相変わらずだけれど、それよりも今のようにシンプルな言葉が増えた。そして、口にしながら廉威は嬉しそうなのだ。いや、それが言いすぎなら、満足げとでもいうか。

廉威に手を引かれて金蓮宮を出て、木立の中を進んでいく。明るい緑の葉が茂る木に、薄桃色の実がなっているのに気づいた。

「あ、桃？」

「蟠桃《ばんとう》だ。間もなく食べごろだな」

蟠桃！　聞いたことがある。孫悟空が食べるやつじゃなかったっけ？　面白い形。

「いつ？　いつごろ食べられますか？　まだ？　あ、あれはもう熟してるんじゃ——」

食いつく深雪に呆れたのか、廉威は手を伸ばして実を捥《も》いでくれた。上下に圧縮されたかのようなフォルムが、ユーモラスで可愛らしい。

「ありがとうございます！　後で一緒に食べましょう」

「慌てずとも、これからいくらでも食せるものを」

「美味しいものは一番乗りしたいじゃないですか」

言い合っているうちにいつの間にか木立を抜け、大池のそばまで来ていた。池のほとりから銀龍宮へと繋がる橋に、屋根舟が繋がれている。

「あっ……！」

思わず深雪は駆け出し、橋の上から舟を眺めた。宝型の屋根には反りがあり、四隅に玻璃《はり》の欠片を繋いだ風鈴のようなものが提げられて、涼やかな音を響かせている。透けるような布が幾重にも桟《さん》にかけられ、屋根の下には低い椅子が並んでいた。

「可愛い！　すてき！」

「では、乗ろうか」

追いついた廉威に肩口から声をかけられて、深雪は驚いて振り返った。

「え？　私も？」

「深雪《しんせつ》のために誂《あつら》えた舟だ。一番乗りが好きなのだろう？」

「嬉しいですけど……舟に乗るのは初めてです」

橋から板が渡されているが、シンプルすぎてちょっと怖い。池の水深はどのくらいあるのだろう。

後宮内ではあるが船頭は男性で、舟の上から手を差し伸べてくれる。しかしそれを払うようにして廉威が先に乗り込み、深雪に向かって両手を差し出した。手を握って板の上に乗ると、そこから先は廉威に抱き上げられるようにして乗船する。

「わ、揺れる」

「掴んでいるから、ゆっくり座れ」

椅子に腰を下ろして、ようやく辺りを見回す余裕ができた。地上ではもちろんのこと、橋の上からでも見られない景色に、深雪は感嘆の声を上げた。池のほとりに小さな花が咲いているのなんて気づかなかったし、目を凝らせば魚が泳いでいるのもわかる。

ゆっくりと舟が動き出すと、顔を撫でる風が心地いい。風の匂いまで違うような気がする。

「後宮の庭はけっこう散策したつもりでしたけど、見たことがない場所もあります。あ、あんなところに四阿《あずまや》が」

深雪が指さすと、廉威はその手を柔《やわ》らかく握った。

「ああ、金蓮宮側からは目につかないかもしれないな」

やがて樹木の間から長い塀が見えた。華麗で堅牢そうな門もあるが、そこに守衛はいない。奥は妃たちが住んでいた場所だ。

言ってみれば深雪の言葉が原因でもあるのだから、後宮を去った妃たちの分も、廉威にとって有益な后であろうと、改めて心に誓う。

廉威は椅子に座らず床に横たわって、池を渡る微風に目を細めていた。少し眠そうにも見える。

「退屈ですか？」

「まさか。深雪《しんせつ》といるだけで心が躍る。が……どちらかというと、今は安らいでいるな」

「舟の揺れが心地いいんですね、きっと」

そのとき、上空を低く横切っていく羽音と影があった。鮮やかな黄緑色の残像を探すと、池に突き出した枝に、長い尾羽を持つ黄緑色の鳥が止まっていた。

「見たことがない鳥だわ。きれいな色」

『キレイ、キレイナ』

深雪は驚いて廉威を振り返る。

「ねえ、今！　喋《しゃべ》りましたよね？」

『ネエ、ネエ』

やはり声は枝の上から聞こえる。当の鳥はすまし顔のようだが。

「ああ――」

廉威も身を起こして目を向けた。

「木霊鳥《こだまどり》だ。人語を真似ると言われて、人懐こいから調教を試みる者も多いが、教えようとするとほとんど返さない」

鸚鵡《おうむ》とか九官鳥みたいなものかな……ん？　いや待って、もしかして――。

『銀龍金蓮《ぎんりゅうきんれん》』の中にそんな鳥がいたはずだ。調教というか術によって、伝言を受け渡す役目を果たすようになるのだ。小説内ではもっぱら戦の伝令に使われていたので、あまり気に留《と》めなかったけれど、電話が存在しない世界で、このシステムがあれば画期的に便利になる。

「あの鳥、飼っている人はいますか？　いえ、捕まえられますか？」

即座に深雪の言葉を真似たのだ。能力に個体差があるなら、ぜひあの子に試したい。

気が急くあまり、深雪は椅子から立ち上がっていた。

「深雪、よせ！」

廉威が叫んだそのとき、袖から蟠桃が転がり落ちる。舟縁に当たった蟠桃は、ぽちゃんと水没し、数拍おいて浮き上がってきた。

「ああっ、蟠桃が！」

すでに廉威に腰を掴まれていたけれど、これ幸いと深雪は舟縁に身を乗り出した。

「諦めろ。また取ってやるから」

「嫌です！　せっかく主上がくださったのに！　もうちょっとで届くから、掴んでいてください！」

後ろで大きなため息が聞こえたかと思うと、深雪は強い力で屋根の下に引き戻され、替わって廉威が舟縁から手を伸ばす。

「主上！　私が代わりに……！」

これまで無言で気配を消していた船頭が、慌てふためいて櫂《かい》を放り出そうとしたが、廉威に止められた。

「いい。それよりもう少し寄せられるか」

廉威が池に落ちたりしたらどうしよう……私が頑固だから……。

ことの重大さに気づいて狼狽える深雪に背中を見せていた廉威は、ふいに振り返った。

「そら、一番乗りの蟠桃だ」

「あ――」

手のひらに載せられた不格好な桃を、深雪は安堵《あんど》のあまり胸に押し抱いた。

「ありがとう……ございます……」

「深雪《しんせつ》の食に対する執念《しゅうねん》には負けた」

言葉とは裏腹に、廉威は優しげに、そしてどこか嬉しそうに目を細めた。


翌日、廉威は朝議から戻ってきたときに鳥かごを携えていた。その中には鮮やかな黄緑色の鳥が収まっていた。

「木霊鳥！　どうしたんですか？」

「おまえが欲しがったんだろう。舟から身を乗り出すようなことまでして」

「それは蟠桃のほうですよ。美味しかったですね」

池から救出された蟠桃は、夕食後にデザートとしていただいた。廉威と半分ずつ。

『この俺が落ちたものを食すなど』

と言っていた廉威だが、深雪が手ずから口元に運ぶと、ひな鳥のように大口を開けて頬張っていた。

思い浮かんだ新婚夫婦のイメージだったのよね。まさか自分があんなことするとは思わなかったけど、案外できるものだな。っていうか、楽しかった。廉威もまんざらでもなかったみたいだし。

窓際の花台に鳥かごを置いて、深雪は「こんにちは」と話しかけてみる。しかし木霊鳥は無表情に見返すだけだ。

「言っただろう。仕込もうと思って喋るものではないと。囀りが楽しめる鳥なら他にもいるぞ。まあ、派手な見た目も慰めだが」

ええと……たしかメロディーを聞かせるんだよね。

フレーズは覚えている。というか、有名な童謡の一節だ。それを小説では魔力を持つ笛で奏でるのだが――。

「あーかいとりことり　なぜなぜあかいー♪」

ここにはスマートフォンもないし、楽器もない。いや、あるにはあるのだが、古箏《こそう》だの箜篌《くご》だのという古代中国のような楽器ばかりだ。深雪《しんせつ》の記憶があるから演奏方法は知っているが、そこはそれ、刺繍の前例がある。ピアノを一本指で奏でる深雪の手にはきっと余るだろう。

となれば、残されているのは歌って聞かせることだが、歌唱に特別自信があるわけでもなく、もちろん絶対音感なんてものも持ち合わせていないので、正しい音程が取れているのかどうかも怪しい。

案の定、木霊鳥は無表情のまま首を傾げている。ため息を洩《も》らしながら振り返ると、廉威が呆然《ぼうぜん》としていた。

「歌を詠《よ》むとは、さすがは莞《げん》の公主だな。しかも独特な節回しで、初めて聞いた。それと……赤い鳥ではない、と思うのだが――いやいや、歌はありのままに詠むとは限らないのだろうそうだろう」

どうせへたくそですよ……。

しかし諦《あきら》めるには惜しいので、無駄かもしれないとは思いつつも、深雪は二度三度とフレーズを繰り返した。

何度目の歌唱だったのか、彫像のように固まっていた木霊鳥が、ふいに羽を広げて「クエーッ」と奇声を発した。

あれっ、怒らせちゃった？

延々と妙な歌を聞かされて、木霊鳥もご立腹なのだろうか。やり方が違うから、まさかおかしな術がかかってしまったとか？　この世界は若干ファンタジー要素があるようで、鳥でもないのに空を飛ぶ動物がいたり、婚礼の儀式の際に、神官が炎を操ったりするのを目撃した。しかし深雪《しんせつ》自身には超常的な能力はない――はずだ。

っていうか、木霊鳥がおかしくなったらどうしよう……私のせいだ……。

「失敬な鳥だな。深雪《しんせつ》の歌声が気に入らないとでもいうのか」

廉威がそう言って鳥かごに近づいてきたとき――。

『失敬な鳥だな。深雪《しんせつ》の歌声が気に入らないとでもいうのか』

深雪と廉威はぎょっとして顔を見合わせた。木霊鳥は一言一句違えず、しかも声色までそっくりに廉威の言葉を繰り返したのだ。

できちゃったんじゃない!?

「やった！」

「なんだ、この鳥は。気味が悪い……」

深雪と廉威の反応は真逆だったが、深雪は興奮して廉威に説明した。

「こんなふうに調教したかったんです。これでおそらくこの鳥は、伝言を送り先の前で繰り返してくれるはずです。あ、送り先は最後に場所と相手の名前を言えば、そこに飛んでいきます」

廉威は目を瞠《みは》って、深雪と木霊鳥を見比べた。まだ疑わしそうだ。それはそうだろう。突拍《とっぴょう》子《し》もないことだと、からくりを知っている深雪でも思う。

「……試してみてもいいか？」

ようやく呟《つぶや》くようにそう言った廉威に、深雪は大きく頷いた。

そして——木霊鳥がかごから飛び出していってしばらくすると、女官が報告を持ってきた。

「尚書令《しょうしょれい》が急用とのことで参りましたが——」

「通せ」

廉威の返事に女官が下がり、替わって慌ただしい足音が近づいてくる。

「主上……！」

活子規が木霊鳥を肩に載せて、息せき切って部屋に入ってきた。我に返って拝揖《はいゆう》してから、ようやく肩に止まった鳥に気づいたのか、厭《いと》うように肩を揺らす。木霊鳥は羽ばたいて、かごの中に入り込んだ。

「おつかいご苦労さま」

深雪が木霊鳥の好物だという麻の実を与えるのを見ながら、廉威は満足げに呟いた。

「感心だな。ちゃんと伝わったのか」

「ど、どういうことでしょうか？　あの鳥はたしかに主上の御声で――」

「至急参上せよ、と言ったのだな？」

「おっしゃるとおりです……信じかねましたが、まことに主上のお召しなら参らぬわけにはいかぬとこうして――」

「たしかに呼んだ。その声をこの木霊鳥は伝えたのだ。后の調教によって」

薄気味悪そうに鳥かごに向けられていた子規の視線が、深雪に移った。

「お后さまが？　どのように……」

「ああ、大したことではないのです」

深雪は不審を抱かれないようにと、大急ぎで考えていた言いわけを口にした。

「莞で遠国からの芸人一座を招いた際に、鳥に喋らせていて……調教の仕方を訊《き》いてみたんです。もともと木霊鳥はその習性があるそうだから、もしかしたらと思って。でも、教えるのに時間がかかったんですよ。ねえ、主上」

助けを求めるように隣を見ると、廉威は頷く。

「それでも瞬く間と言っていいだろう。個体の向き不向きもあるのだろうが、巷《ちまた》で木霊鳥を喋らせると自慢する輩《やから》でも、数日単位で時間をかけて単語ひとつがせいぜいだ」

「声音まで真似ておりましたからね。真似たというか、そっくりそのままで」

「芸としても面白いが、いろいろと利用できそうだ」

ふたりのやり取りを聞いているうちに嬉しくなってきて、深雪は口を開いた。

「尚書令はこの子を連れてきましたけど、返事を送り返すこともできるんです。伝言を聞いた後で鳥に話しかければ、その言葉を携えて送り主のところに戻ります。たぶん、ですけれど」

「なんと！」

驚いた子規はすぐにそわそわとして、我慢できないというように鳥かごに近づき、深雪を振り返る。

「試してみてもよろしいでしょうか？」

「もちろんどうぞ」

子規が話しかけると、木霊鳥はかごを出て窓から飛び立っていった。

「複数を調教できれば、戦場での伝令や斥候《せっこう》の役にも立つだろう」

「まことに……このような技量をお持ちとは、お后さまは実に得がたいお方です」

よかった……これも役に立ちそう。

鳥なら地形に影響されることなく、ほぼ直線ルートで行き来が可能だから、馬を走らせるよりも時間が節約できる。

深雪が手ごたえを感じて密かに拳《こぶし》を握っていると、木霊鳥が戻ってきた。

固唾《かたず》を呑《の》んでにじり寄った子規を見上げて、木霊鳥は口を開く。

『……尚書令!?　うわ、なんだこの鳥！』

その嘴《くちばし》から、陶《とう》市《し》黎《らい》の驚く声が室内に響き渡った。


街のはずれで馬を止めた廉威は身軽く降り立ち、深雪に向かって両手を差し出した。廉威の肩に手を置くと、ふわりと地面に降ろされる。

「極力静かに走らせたつもりだが」

深雪がほっとした様子なのに気づいたのか、廉威は苦笑する。

「はい……でも、馬に乗ったのは初めてで……こんなに高いんですね」

深雪は廉威の前に乗せられていたのだが、鞍《くら》を通して伝わってくる感触に、生き物に乗っているのだと実感した。

動物は好きなので、大きな馬でも触れることに恐ろしさはなく、むしろつぶらな瞳が愛らしく思えて、その鼻面を撫《な》でてやった。馬は応えるように、ぶるると鼻を鳴らす。

「私も馬に乗れるようになりたいです」

「ずっと身を固くしていたというのに、深雪《しんせつ》の意欲はとどまるところを知らぬな。そう焦らずとも、当分は俺の前に乗っていればいい。馬よりも、まずは街歩きがしたかったのだろう？」

そうなのだ。廉威の馬に乗せてもらってここまで来たのは、城下を実際に自分の足で歩いて回ってみたかったからだ。

廉威はこれまでにもたびたびお忍びで、市井《しせい》の様子を見て回っていたらしい。朝議が終わっても金蓮宮を訪《おとず》れないことがあったので、訊くと街に出ていたという。控えめに、しかし辛抱強くねだって、ようやく今日、深雪も同行の機会を得た。

廉威は手綱《たづな》を陶市黎に預けて、深雪を誘って歩き出す。警護の兵はわずかに三名で、そのひとりが市黎だった。衛尉の本来の役目は城門の守りだが、市黎は飛び抜けて武術に優れているので、廉威が城外へ赴く際には護衛として至近につくという。

「そんな衣装も可愛らしくてよく似合う」

廉威は深雪を見下ろして微笑んだ。

お忍びなので、ふだんよりもずっと簡素な格好をしている。髪はシンプルな髷《まげ》を結って、飾りのない笄《こうがい》で留めてあるだけだし、無地の深衣に細めの帯を結んでいた。唯一華やかと言えるのは、花鳥を手描きした披帛《ひはく》だろうか。馬上は風が強いと、廉威が用意してくれていた。

廉威は市井で商家の主《あるじ》と自称しているそうで、曲裾《きょくきょ》の袍《ほう》に袴《はかま》と脛巾《はばき》という宮城では見ることがない衣裳だ。内衣の襟をふわりと溢《あふ》れさせているのが、洒落者のこだわりだろうか。

街の中心に向かうにつれて、人通りが増え、店も連なり始める。深雪の視線は右へ左へと忙しく動いた。

「そんなにきょろきょろしていると足元が危ないぞ」

「だって見逃したくなくて——あ、いい匂い」

店先で蒸し器から湯気が上がっている。饅頭《まんじゅう》だろう。

中華街で食べ歩きなんて当たり前だけど、ここではそうもいかないよね……。

そう思って通り過ぎようとしたのだが、ふと廉威が店先に進み、蒸し器から取り出した饅頭を受け取っているのを見て、深雪は駆け寄った。

「あれっ、若旦那こちらはもしかして奥方かい？」

代金を受け取った店主が目を丸くする。

「ああ、先ごろ祝言《しゅうげん》を挙げたんだ」

「それはめでたい！　なんでも菱王もお后を迎えられたそうだよ。嬉しいねえ。ほい、お祝いだ、持っていきな」

店主は深雪にもほかほかの包みを手渡し、他の客の相手に移った。

「ど、どうしましょう、これ……」

「厚意は受け取っておけばいい」

「いえ、あったかいうちに食べたいな、と」

それを聞いて廉威は噴き出した。

「もとよりそのつもりだろう？　城内では口うるさい輩が目を光らせているが、幸いここでは誰も気にしない」

そう言って、廉威は饅頭を頬張った。

びっくり……別人みたい……。

市井の民を演じているのだとしても、こんなふうにふと覗かせる古《いにしえ》の騎馬民族のような粗野な振る舞いが、妙に板について見えた。そしてそれが、深雪には好ましく映る。

カッコいいな……。

ちらりと廉威の目が動いて、咀嚼《そしゃく》する口端が吊り上がった。

「そんなに見つめるな。抱き締めたくなる」

「ち、違います！　私が見てたのは饅頭で——あっ、それ黒蜜が入ってませんか？　美味しそう！」

深雪は包みを開いて、饅頭にかぶりついた。コクのある甘さが口いっぱいに広がって、幸せが押し寄せてくる。これだけでも街に繰り出した甲斐《かい》があるというものだ。

夢中で頬張りながら歩いている間も、廉威は何人もの人から声をかけられていた。それに気やすく応じて、商売の調子を訊ねたり、街の噂話を訊き出したりしている。

「若旦那！」

薬草を売る店の主が廉威を呼び止めた。廉威が歩み寄ると、主は小さな瓶を差し出して見せた。

「大人気の『毒払い』、ひとつ備えておかないかい？」

えっ、それって……。

深雪が作って樹妖の被害者に与えたものではないだろうか。

「それなら真っ先に買ってある。悪いな。なくなったらここで買うよ」

「そうかい。いや、いいってことよ。どうやら今年は当たり年みたいで、ちょっとした雑木林にも、下手すりゃ庭の木にも樹妖がいるからな。いくらでも売れる。まあ、被害が出ないのがいちばんだが、おかげでこっちもホクホクだ。こんな薬を俺たちに作らせて売らせてくれるなんて、菱王は太っ腹だねえ」

店の前を離れると、深雪は小声で訊ねた。

「あの解毒剤は、樹妖のときの？」

「ああ。街の薬草店に調合を教えて、販売するように指導した。まだ城下で出回っているくらいだが、地方にも指示は出しているから、いずれどこでも買えるようになるだろう」

「すごい。いつの間に……」

早すぎるくらいに仕事が早い。さすがはこの国を統《す》べる王だ。深雪とふたりでいるとあまりそんな顔を見せないけれど。

「莞の秘薬だと言っていたのに、相談をせずに行動してすまない。しかし民を救えると思うと、一刻も早く与えたくて――」

思いがけず廉威に謝られて、深雪は面食らった。

「なにをおっしゃるんですか！　菱の民を大切に思う気持ちは、私も同じです。広めてもらって、むしろ嬉しいくらいで――」

慌てて否定すると、廉威は愁眉《しゅうび》を開いて頷き、かすかな笑みを浮かべながら街を見回した。

いい王さまって、こういう人を言うんだろうな。戦争に勝っても、国民のことを考えなきゃ意味がない。

身分を隠して街を歩くのも、個人的な気晴らしではなく、そうやって民の生の声を聞くのが目的なのだろう。

「地方の販路が整うまでは、役所で無償提供するように命じてある。救える命も増えるだろう――なんだ？」

深雪の視線に気づいてか、廉威は足を止めて見返してきた。

「尊敬します。主上のような王をいただいて、菱の民は幸せです」

廉威は驚いたように目を瞬くと、視線を逸《そ》らして咳払《せきばら》いをした。

「そんなに褒めるな。舞い上がりそうだ……」

てっきり、そうだろうと得意げな顔をするか、ハグを求めてくるかと思ったのに、またしても意外な反応だった。ちょっと可愛い。

市が立っている中央の広場に向かって、再び歩き出す。

「木霊鳥も広げるつもりですか？」

「いや、あれは非常手段として活用する。木霊鳥が乱獲されては種の存続が危ぶまれるし、調教をする深雪《しんせつ》の負担が大きい」

木霊鳥に聞かせるフレーズは廉威や活子規にも教えたのだが、どういうわけか彼らは一度も成功していない。深雪よりもはるかに音程はしっかりしているように聞こえるのだけれど。

今のところ深雪が調教したもう一羽が、外朝で伝令係として活躍している。最初の一羽は、ほぼ廉威と深雪の間でのホットラインと化していた。

「負担なんてとんでもない。この国のためになるなら、これからも調教させてください――あっ、あれが市ですね！」

深雪の目には、青空市とかフリーマーケットのように見える。筵《むしろ》や板を広げた上に、果実や野菜、陶器や木工小物、織物や装飾品まで、さまざまな品を並べた店が並んでいる。

元の世界ではショッピングを楽しむ質ではなかったが、買い物をするどころか店に行くという行為すら絶えていたので、深雪はここぞとばかりに見て回る。具体的になにが欲しいわけでもなく、望めば買い物をするまでもなく廉威が与えてくれるだろうけれど、目から得る情報というか、こういうインプットは身体が欲しているのだ。

「奥さん、これどうだい？　きっと似合うよ。旦那にねだってみな」

金や銀の細工物や、玉の装飾を扱《あつか》う店先で、売り手に声をかけられた。

お、奥さんだって……。

実際奥さんなわけだが、ふだんはそう呼ばれないし、前の世界の聞き慣れた言葉で言われると、妙な実感と気恥ずかしさがある。

深雪が密かに狼狽えていると、廉威が隣から店先を覗き込んだ。

「なにか気に入ったものがあるか？」

「え？　いえ、そんな。いつもたくさんいただいていますから」

切れ長の目が深雪を見る。

「そう言うな。勝手に選んで贈るばかりで、好みを押しつけるようで気になっていたのだ」

……そんなこと、思ってたの……？

国王からの賜《たまわ》りものなら、それだけで謹《つつし》んで拝領するのが当たり前で、気に入るとかそうでないとかの問題ではないだろう。それは后だとしても同様だ。

「……そんなことはありませんし、本当になにも――」

なんだろう、ここに来て廉威のいろんな面が新たに見えて、そのどれもが好ましいというか、魅力的に見えて、深雪は戸惑う。

泳がせた視線の先で、小さな金細工の根付が目に留まった。深雪はそっと手を伸ばす。菱《ひし》型で長いほうの両端が棘《とげ》になった木の実を模している。

「これ……菱の実ですよね？」

「そうだな」

本物の菱の実は、中の白い仁の部分がでんぷん質で、茹でたり蒸したりすると栗のような味わいだが、菱では国名だからか縁起を担いで食さない。

根付は大小あって、深雪はふたつとも手のひらに載せた。

「これをお願いします」

「こんなものでいいのか？」

廉威は首を傾げながらも、支払いをしてくれた。

深雪は大きいほうの根付を、廉威の帯に結びつける。今は市井の民の格好なので刀を佩《は》いていないが、お守り代わりに刀帯につけてほしい。

そう伝えると、廉威は嬉しそうに目を細めた。

「百人力だな。刺繍襟といい、俺は盤石の守りを固めてもらったようだ」

「そんなに期待されても――あっ……」

深雪はなぜ自分が菱の実にこれほど詳しいのか思い当たった。リアルでは一度も目にしたことがないし、もちろん食べたこともない。

『銀龍金蓮』の中で、菱の実にまつわるエピソードがあったからだ。それは深雪が菱の実で指先を傷つけ、廉威が憤りのあまり国名でもある菱の実を踏みつぶすという、深雪に対して国王以前にひとりの男であると象徴する出来事だった。また、それによってふたりの仲が進展するきっかけとなるエピソードでもあった。

これも菱の実が結ぶ縁ってことになるのかな……？　でも、それとこれとは……っていうか、私はそんなつもりじゃなくて……。

ひとり慌てる深雪をよそに、廉威は浮かれた様子で、道行く知り合いに出くわすたびに小さな根付を自慢していた。

5

深雪《みゆき》はそっと牀《しょう》を出て、小卓に置かれた銀の水差しを手に取り、玻璃《はり》の器に水を注いだ。冷えた水が喉を滑り落ちていく心地よさに、ほっと息をつく。ようやくまともに声が出そうだ。

なんか……すごかったんだもん……。

思い出しても赤面する。廉威《れんせい》に促されるままその腰を跨《また》がされ、戸惑《とまど》うやら恥じらうやら、視線も合わせられなくなった深雪だったが、いつもと違う感覚に翻弄されて、気づけば悦《よろこ》びの声を上げていた。

そのまま二度も達した深雪を、今度は廉威が組み伏せて、激しく貪《むさぼ》った。それにも感じてしまって、何度忘我の心地に陥《おちい》ったことだろう。

結婚して二か月が過ぎ、その間ほぼ毎晩のように肌を合わせているのだから、深雪も初心者とは言えず、いわゆる女の悦びというものが身に備わっても、なんら不思議はない。事実、廉威との同衾《どうきん》を嫌だと思うことはなく、むしろ触れられると期待に心身が昂《たかぶ》ってくる。

恋愛感情を育んだ末どころか、数回顔を合わせただけで夫婦になり、気持ちはまったく追いついていなかったのだ。最終的にはこれでよかったと思える関係になれることを目指してはいたけれど、心より先に身体のほうがこの状況に慣れてしまったということだろうか。

いや、それでも気持ちは切り離せるものじゃないし……。

甘い言葉を欠かさず、深雪の反応を確かめながらより高めていく廉威に、たぶん深雪は安心して身を任せられるようになってきているのだ。慈しまれている、と感じる。

今夜の廉威はいつになく激しかったけれど、それでも自分本位なのではなく、深雪を感じさせようとしてのことだと伝わってきた。そんなふうに扱《あつか》われていると、いい意味で甘やかされていると感じる。それが嬉しい。

このくらい相手に好感を持ってたら、ふつうはつきあうようになるのかな？　エッチまで進んでる……？

そう考えて、意味のないことだとかぶりを振った。恋愛なんて、カップルの数だけ違いがある。自分に当てはめられるものではないだろう。

だいたい深雪の場合はすでに結婚していて、夫婦の営みもある。遅れているのは気持ちのほうだ。廉威に対し、どんな感情をどのくらい持っているのか――。

……わかんないけど、好きは好き。毎日少しずつ増えてる気がする。特にさっきなんて、ぎゅーっとしがみつきたいくらいだったし――あ、実際やってたかも。……あれ？　これってけっきょく気持ちじゃなくて、エッチの最中だったから？

ひとりで唸《うな》っていた深雪は、廉威が起き出していたのに気づかず、肩に披帛《ひはく》をかけられて、はっと振り返る。

「いつまでもそんな格好でいると冷える」

深雪は薄物に袖を通しただけの格好だったが、初夏を迎えた今の季節ならどうということもない。が、汗を思いきり掻《か》いたせいか、たしかに肌が冷たくなってきている気もした。

「ありがとうございます。いつまでも、って、いつから気がついてたんですか？」

「深雪《しんせつ》が身を起こしてすぐだ。水を飲んで戻ってくるかと思えば、ずっと立っていたからな。まさか、具合でも悪いのか？」

頬に触れた廉威の手を、深雪は握るようにして下ろさせた。そのまま指を絡める。以前なら払うようにしてそのままだったはずだが、なんだが感触が名残惜《なごりお》しかったのだ。これも深雪自身の変化だろうか。廉威の手は、深雪にとって心地いいものになっていた。

「全然、なんともありません。もう一杯飲もうかと思っていただけで――あ、主上《しゅじょう》もいかがですか？」

水を注いで渡すと、廉威は喉を鳴らして飲み干した。

「生き返る」

「あ、私もそう思いました」

切れ長の目が、意味深に細められる。

「ずいぶんと囀《さえず》っていたからな」

全部聞かれていたと思うと恥ずかしくて、深雪は視線を泳がせた。

「——あ、満月」

どうりで明るいはずだと思いながら、深雪は窓辺に歩み寄った。繁る木立の上に、煌々《こうこう》と白銀の月が輝いている。

そばに立った廉威も、夜空を仰《あお》ぎ見た。先ほどまでは荒々しい狼のような表情をしていたのに、今の横顔は凛《りん》として涼やかだ。

「美しいな」

夜毎に抱かれている自分というのも信じられないことだけれど、こうして異性と月を見ているシチュエーションもドラマか小説のようだ。そこでふと思い出す。

「ある物語で、男女が月を見ているんですけど、『月がきれいですね』というセリフがあるんです。それは、あなたが好きですという意味だと読み解くんだと教えられて……むずかしいと思いません？」

授業で習ったときも、行間を読みすぎだと、教室内が沸いたものだった。そんな笑い話を披露したつもりが、廉威は深く頷《うなず》いている。

「いや、非常に共感した」

ええーっ、あなたは漱石《そうせき》ですか！

まさか時空を超えた共感者が存在したとは、夏目《なつめ》先生もびっくりだろう。

「今しがたの俺の言葉も、同じだと思っていい。そうと知っている深雪《しんせつ》なら、もちろん理解したことだろうな？」

「えっ、……ええと——」

「では、深雪《しんせつ》はあの月を見てどう思う？」

……ちょっと、それは無理強いじゃないの？

そう思わなくはなかったが、深雪は答えた。

「きれいです……」

単なる言葉遊びだ。むきになって廉威をしらけさせることはない。それに——嘘を言っているわけではない。

廉威は満足げに微笑み、深雪の肩を抱く。

「明日は遠出だ。そろそろ休もう」

翌日、待ちに待った遠乗りへ出かけた。

廉威の前に乗せてもらって以来、やはり自分で馬を駆れるようになりたいと、ずっとねだっていたのだ。

基本的に後宮から出られないと思っていた深雪だが、廉威は厳しく律する気はないという。ひとり歩きは論外だが、廉威自身か、深雪の警護を任せるに足る者が同行するなら許すというスタンスのようだ。

ただ、どうしても外出が必要なケースなどないだろうから、後宮にとどまっていればどうかということらしい。たしかに現代日本の主婦のように、買い出しや銀行に行ったり、習い事をしたりということはないので、後宮内で完結する生活で不都合はない。

しかし廉威とふたりで、ふつうの夫婦のように街を歩くのは、深雪にはかなり楽しかったのだ。まるでデートのようで。

同様に馬に乗せてもらうのも、ドライブデートのようで気に入った。これは本当にふたりきりという感じがする。

何度か乗せてもらううちに、馬そのものにも魅力を覚えた。それが自分自身で馬を駆りたいという気持ちに変わるのに、そう時間はかからなかった。

さすがに廉威もはじめは取り合おうとしなかったが、「深雪《しんせつ》にそこまでねだられては、聞かぬわけにはいかぬな」と、自分が見るのを条件に許可をくれた。しつこさに根負けしたのだろうか、呆《あき》れられただろうか、とちょっと気になったけれど、許された喜びのほうが大きかった。

最初は廉威の馬の中でも一番おとなしい牝馬《ひんば》を借りて、厩舎《きゅうしゃ》そばの放牧場を歩かせることから始めた。

乗馬のときは袍《ほう》に袴《はかま》と脛巾《はぎぎ》と、廉威が街歩きをするときのような衣装で、いわゆる男装になるのだが、襦裙《じゅくん》と違ってなんと動きやすいことかと、深雪は感嘆した。できれば日常的に着ていたいくらいだけれど、さすがにそれは女官たちに大反対された。しかし少しずつ懐柔していこうと、深雪は密かに目論んでいる。

運動に縁がなかった深雪だが、乗馬そのものは意外にも合っていたのか、センスがあったのか。はじめのうちはつきっきりだった廉威も、問題がなさそうだとわかると、コーチを陶市黎《とうしらい》に任せるようになった。

忙しい王さまの時間を自分のわがままで奪うのが心苦しかったし、転ばぬ先の杖というのか、ちょっと速度を上げると待ったをかけられるのがややウザくもあったので、ある程度わがままが利く市黎に見てもらえるのは、幸いだった。

それに……知らない間に上手になって、びっくりさせられるじゃない？

先日、実際にひととおり乗ってみせたところ、廉威も納得したらしく、深雪の馬を用意してくれた。月毛で、陽光に照らされると金色に輝く美しい馬だ。月子《げっし》と名づけて、廉威の馬たちと一緒に深雪も世話をしている。

「さあ月子、いよいよお散歩デビューだからね」

馬上の深雪はそう囁《ささや》いて、月子の首筋を叩いた。

廉威の今日の馬は、王太子時代から乗っているという青鹿毛の玄秀《げんしゅう》だ。歳も取っているので、最近はめった乗らないらしい。

厩舎そばの門から宮城を出て、西に広がる草原を駆ける。廉威も市黎も深雪に合わせてくれているのだろうが、広い場所で風を切って走るのは、予想以上に楽しい。

出かける前、

『ついに自分で馬を駆るようになってしまったか』

と愚痴る廉威に、承諾してくださったでしょう、と言い返したところ、女子が馬に乗る是非《ぜひ》ではなく、自分の前に乗せられないのがつまらないらしいと知って、深雪は笑ってしまった。

それと同時に、二人乗りを廉威も楽しんでいたのだと知って、密かに嬉しくなった。

『笑いごとではない。俺の楽しみのひとつだったのに』

そうぼやいていた廉威も、今は楽しそうだ。たぶん久しぶりの玄秀との一体感を味わっているのだろう。

ふいに前を走る玄秀が頭を振って嘶《いなな》く。

「市黎、深雪を任せる」

廉威はそう言い置くと、鐙《あぶみ》を蹴って馬を一気に走らせた。本気の走りとはこういうものだと思い知らされるようで、みるみる人馬が小さく遠くなっていく。

「すごい……あんなに速いのね」

驚きのあまり、逆に速度を緩めて見入る深雪に、市黎が馬体を寄せて頷いた。

「久しぶりに主上をお迎えして、玄秀も張り切っているのでしょう。馬のおねだりに応じていらっしゃるのですよ」

「そういえば、王太子時代からの愛馬ですってね。けっこう年寄りと聞いたのに、全然そう見えない」

あんなに元気なのだから、まだまだ乗ってあげればいいのにと思っていると、市黎はせつなげに微笑んだ。

「それなりに老馬だと思います。玄秀にもいい思い出になるのではないでしょうか」

疾走する人馬を見守っていた深雪は、やがて目を見開いた。

え……？　ええっ⁉　飛んでる⁉

目を凝《こ》らしても、やはりそう見える。地面を蹴っているはずの馬の脚が、宙を駆っている。徐々に高さを増して、引き寄せられるように飛んできた小鳥と並ぶように天を走っている。

「……しっ、市黎！　あれ――」

ようやくのことで叫んで指さす深雪に、市黎は苦笑しながらも人馬に憧憬《しょうけい》の目を向けた。

「菱《りょう》王のみが有する天馬にございます」

「……てん、ま……？」

それって、ペガサス的な？　でも、翼もないのに飛んでるけど……。

「他国には存在しないというのは事実でしたか」

市黎の言葉に、深雪は記憶をひっくり返す。しかし、そんなことをするまでもない。こんな存在を忘れるはずがないのだ。だからきっと莞《げん》には、いや、他のどの国にも天馬なんていない。

「初めて見るわ……あんなに高く飛べるのね。しかも速い……」

上空で廉威と玄秀は大きく旋回したが、そのスピードは目を瞠《みは》るほどで、戯《たわむ》れるようにそばを飛んでいた小鳥が風に流されたほどだった。

「どこで育ててるの？　他にもいるの？　まさか、厩舎にも――」

深雪は興奮のあまり、矢継ぎ早に質問を投げかける。だってそうだろう、天馬がいれば、戦の主力となるはずだ。

しかし市黎はかぶりを振った。

「玄秀だけでございます」

「えっ？　だって、種の存続はどうするの？　こう言ってはなんだけど、お世継ぎ以上に重要なんじゃない？　次代の天馬が生まれなかったら……」

「天馬は天馬として生まれるのではなく、菱王のお力で作られるのでございます」

「廉――主上が……？」

そんなことができるのだろうか。王の力で？　この世界にファンタジー色があるのは知っていたけれど、これほどあからさまに突きつけられたのは初めてだ。

「じゃあ、主上なら天馬を増やせるのね？」

そう呟いた深雪に、市黎はまたも首を振る。

「菱王のお力ではございますが、その御代に一頭きりと聞いております」

「……そうなの……」

木霊鳥《こだまどり》の調教だってけっこう苦労するのだから、菱王に特別な力があったとしても、馬を飛ぶようにするのは並大抵の苦労ではないのだろう。

「ちょっと残念ね。天馬が複数いれば、戦でも頼みになるでしょうに」

その言葉に対しては、市黎も頷いた。

「先代までは、これぞという優駿《ゆうしゅん》を、王自身も体力が充実している時期に合わせて、天馬を作り出しておりました。実際、天馬の活躍によって、戦況が変わったこともあるそうでございます」

菱では、王自ら軍を率いて戦に向かうことが常だ。天馬に乗って戦場を駆け抜ける菱王の姿は、敵の脅威となるだけでなく、味方にとってもなにより心強く、士気を上げたことだろう。

「しかし主上は、即位されてほどなく玄秀を天馬になさいました。それこそわずかに迷うご様子もなく」

「え？　即位って、たしか四年前……よね？　そのころ玄秀はもう……」

馬としては老齢に差しかかっていたはずだ。今走っている姿を見ても、若い馬と比べてなんら見劣りはしないし、そもそも優秀な個体だったのかもしれないが——。

廉威がまだ若いんだから、この先も長くつきあえる馬を選ぶのがふつうじゃないの？

市黎は上空を見つめて目を細めた。

「主上は、天馬にするなら玄秀と、ずっと以前から決めていらっしゃったそうでございます。それほどご自身にとって特別な馬なのだ、と……馬の寿命を考えると、玄秀が生きている間に天馬にできるかどうかはむずかしいところでございましたが、それならそれで玄秀以外の天馬は不要と申され……思いがけず早いご即位となって、天馬を得たことだけは喜ばしかったと伺ったことがございます」

廉威にとって玄秀は特別な馬だったんだ……。

その結びつきの深さは、いかにも騎馬民族を祖とする国の王らしい。しかし根底に流れるのは、互いに対する信頼や愛情ではないだろうか。

なんか……天馬を道具として利用することばかり考えていた自分が恥ずかしい……。

そして、玄秀とそんな結びつきを持てた廉威を、かなり見直した。

ひとしきり駆け回った廉威と玄秀が戻ってきて、深雪の前で得意げにポーズを取る。

「どうだ？　俺の天空を駆ける雄姿は」

「とてもすてきでした」

深雪は素直に称賛した。

「そうだろうとも。この世に王は数多かれども、天馬を有するのは——」

「本当に玄秀は素晴らしいです。お疲れさま」

深雪がそう言って玄秀の鼻面を撫《な》でると、廉威はぽかんとしたが、やがて嬉しそうに笑った。

その後、揃って小川まで走った。馬に水を飲ませて、深雪は鞍《くら》につけてきた革袋を開ける。

「わ、まだほんのりあったかい！　食べましょう」

差し出された蜂蜜入りの饅頭《まんじゅう》に、廉威は呆れた顔をした。

「ここそ荷を積んでいると思ったら、これだったのか」

「きれいな景色を見ながら食べるのは、きっと格別ですよ。主上だって、お好きじゃありませんか。はい、市黎も」

廉威にじろりと睨《ね》めつけられて、市黎は辞退しようとした。

「あ、いえ、私は……」

廉威はふんと鼻を鳴らしてから饅頭にかぶりつく。

「許す。食せ」

「そんな言い方したら、味もわからなくなりますよ。同行してもらったんだから、遠慮しなくていいのよ」

市黎が恐縮しつつも食べ始めたのを見て、深雪は水筒を取り出した。

「花茶も淹《い》れてきました。饅頭によく合うんですよ」

得意げに掲げたものの、廉威が半眼になって腰に手を当てる。

「器は持ってこなかったわけだな？」

「え？　そうですけど、荷物になるじゃないですか。玻璃の器しか見当たらなかったから、割れたら困りますし。でも、回し飲みで――」

「私はけっこうでございます！　饅頭だけで充分で！　なんなら小川の水がございますから！」

べつに飲むように迫ったわけでもないのに、市黎は大きく後ずさって、激しくかぶりを振った。

「当然だ」

廉威が鼻息も荒く答える。

それを見て、深雪はようやく思い当たった。

やだ、私ったら……か、間接キスを勧めちゃったよ！

「なし！　花茶はなしにします！　帰ったら鈴悠《りんゆう》に美味しいのを淹れてもらいましょう！」

「俺は深雪《しんせつ》と一緒に飲みたいぞ」

臣下の前でもおかまいなしに言い放つ廉威に、深雪のほうが頬が赤くなって、それを隠すように水筒を押しつけた。

「どうぞ！　全部お飲みください！」

玄秀が息を引き取ったのは、数日後のことだった。

廉威が朝議に出ている間、深雪は厩舎で馬の世話をすることが多く、その日も順番に馬のブラッシングをしていた。

ふいに大きな音がして、なにごとかと駆けつけると、厩舎の中で玄秀が倒れていた。

「玄秀……！　誰か！　呂欣《ろきん》、来て！」

馬丁頭の呂欣は玄秀を一瞥《いちべつ》すると、そばにしゃがみ込んだ。玄秀の首筋を優しく撫でる。

「おお、玄秀……お疲れだったな……」

え……？　それって、まさか……。

深雪は慌てて呂欣の肩を揺らした。

「ねえ、なにか手当てしなくていいの？　苦しいんじゃないの？」

しかし呂欣は深雪を振り返って首を振った。

「寿命ですだ。もう起き上がれねえほど弱ってますだよ」

廉威を乗せて天駆けたのは、ほんの数日前のことだというのに、このまま死んでしまうのだろうか。

「わしが看取りますから、お后《きさき》さまもお戻りくだせえ」

「そんな！　私もここにいるわ。廉威ももうすぐ帰ってくるから、それまでなんとか――」

「いや、尊い御身が穢《けが》れに触れちゃあなんねえですだ」

「なに言ってるの！」

他の馬丁に追い立てられ、深雪はしかたなく厩舎を後にしたものの、穢れだなんて言葉を真に受けていいとは思えず、木霊鳥を呼んで仔細を伝え、廉威に飛ばした。

廉威だって、きっと玄秀とお別れがしたいはずだ。

しかしほどなくして戻ってきた木霊鳥は、すぐに金蓮宮へ戻るように、という廉威の言葉を伝えただけだった。

ふだんよりずいぶんと遅くなってから、廉威は金蓮宮《きんれんきゅう》へやってきた。

「主上、玄秀は……」

瀕死の知らせにきっと厩舎に行ったのだろうと思っていたが、廉威はずっと外朝にいたらしい。

「少し前に死んだという報告があった」

「行ってあげなかったんですか？　報告の後も？」

「俺が行ったら、厩舎の者たちが困る」

そう答えた廉威は、窓辺に向かった。

穢れだから……？　高貴な身は死とかかわってはいけないと決められているから？

そういう慣習と文化なのは知っている。莞でも王族は極力死との遭遇を避けるが、身内や知人との別れまでは止めない。

しかし菱においては、非常にはっきりとした決めごとがあるようだった。

「でも……おかしいと思います。ずっと可愛《かわい》がってきた馬なんでしょう？　天馬にするほど……きっと玄秀だって、主上を待っていたのに。最後に声をかけてあげるくらい――」

どうにも玄秀が哀《あわ》れで、そんな慣習で廉威と玄秀がお別れをできなかったことに憤りを感じて、思わず言い返した深雪だったが、背を向けた廉威がわずかに項垂《うなだ》れるのを見て、はっと口を閉じた。

「責めるな」

「……申しわけありません。そんなつもりではなく……」

悲しくないはずがないし、玄秀の死を軽んじているわけでもないのだ。王であっても、しきたりを破ることはむずかしい。自らがそうしてしまうことで、必ず周囲に影響を及ぼす。

深雪には、それがわかっていなかった。だから形だけの婚姻を提案したり、後宮に複数の妃を囲う廉威を否定したり、街を出歩きたいとか馬に乗りたいなどとねだることができたのだ。

そんな深雪のわがままを、たいていはあっさりと叶えてくれた廉威だけれど、実際にはきっと難題や面倒が山積みで、活子規《かっしき》を始めとする臣下を納得させるのも容易なことではなかっただろう。

私の願いを叶える分で、玄秀とのお別れができたかもしれない……。

深雪は廉威に近づいて、その背中を抱き締めた。

「ごめんなさい……」

「深雪《しんせつ》が謝ることはなにもない」

ゆっくりとこちらを向いた廉威は微笑を浮かべていたが、かつて見たことがないほど寂《さび》しい顔をしていた。痛みを感じて、深雪は胸を手で押さえる。

どうすればいいの？　どうしたら、廉威と玄秀のためになるんだろう……。

「思い出を聞かせてください」

「玄秀との？」

深雪は頷いた。

「偲《しの》ぶことでお別れをしましょう」

廉威は不思議そうに深雪を見つめた。

「あ……無理にとは言いません。主上がお心の中で思い出してあげるだけでもいいと思います。というか、私は邪魔者ですね」

「いや、聞いてもらおう」

数日様子を窺《うかが》っていたが、厩舎の雰囲気が元のようになったのを見て、深雪は月子の世話をしに行った。

「おや、お后さま。熱心なことですだな。おお、月子もいらっしゃったのに気づいたようですだよ」

「こんにちは、呂欣。面倒見てくれてありがとう」

深雪は鼻を鳴らす月子の柵の前を通り過ぎ、玄秀がいた場所に向かった。そこは藁《わら》も片づけられてがらんとしていた。携えてきた花を、そっと置く。

あの日、廉威が語ってくれた玄秀との日々は、楽しいものだった。初めて与えられた馬でもあり、ともに成長してきた友だちでもあったようだ。

話し終えたときには、少し落ち着いた様子の廉威だったけれど、まだふとした瞬間に表情が陰る。そう簡単に気持ちが切り替わるものではないだろうし、その必要もないと個人的には思うのだが、臣下たちの前で沈んだ顔を見せるわけにはいかないのだろう。無理をしていなければばいいと、気がかりだ。

廉威を慰めてあげてね……。

手を合わせていた深雪は、呂欣がこちらを見ているのに気づいて、慌てて立ち上がった。

「ちょっと思い出しちゃって――」

呂欣はしわ深い顔をさらにくしゃっとして、何度も頷いた。

「門を出てしばらく進むと、廟《びょう》がありましてな。玄秀はそこに葬《ほうむ》りましただよ。菱にとって馬は特別な生き物ですからなあ」

深雪は月子と廉威の馬たちにブラシをかけてやりながら、一度廉威と一緒にお参りに行こうかと考える。王族にも祖先の墳墓《ふんぼ》に参詣する習慣はあるようだから、玄秀が眠る廟を訪《おとず》れても問題はないだろう。都合が悪いなら、遠乗りにかこつけて出かけてもいい。

帰ってきた廉威に、そう提案してみた。頷いてはいたけれど、具体的な計画は出なかった。

廉威の意思を優先すべきことなので、深雪も強くは勧めなかったけれど、依然として塞ぎ込んでいる様子なのが気にかかる。

それだけ愛情深い質なのだろう。だから悲しみも深い。

深雪にできるのは、静かに見守ることだけなのかもしれなかった。

十日が過ぎても、廉威は厩舎を訪れることすらなかった。以前はどんなに忙しくても、三日にあげず自ら世話をしていたという。

深雪は廉威の代わりに、彼の馬たちの世話にも努めた。

「ごめんね、私じゃ物足りないよね。またきっと会いに来てくれるから、それまでは我慢してね」

それぞれの性格も掴めてくると、馬たちはとても可愛い。長年添えば、その気持ちはひとしおだろう。

だから廉威の悲しみが癒えるのを待つしかないけれど、少しでも気を紛らわすというか、気晴らしになるようなことが自分にできたらいいのにと、思わずにはいられない。

でも……なにをしたらいいのか……。

こう言っていいのかどうか、沈んでいる廉威だけれど、深雪と過ごす日常にはあまり変化はない。一緒に食事もするし、夜は同じ牀《しょう》で休んでいる。もちろん夫婦の営みも欠かさない。

深雪がもっと積極的に行為に取り組んだら、たとえばなんでもリクエストに応じますよとか言ったら、廉威も喜ぶのだろうかという考えが一瞬頭を過《よぎ》ったが、そういうことではないだろう。それに、あえて深雪が前向きにならなくても、廉威は巧みに誘導して、思うままに愉しんでいる——と思う。

それになんか、エッチで解決ってあまりよくないよ、うん。

そもそもハードルが高くて、深雪にできるとも思えない。

厩舎から戻って後宮の庭園を歩いていた深雪は、足元に果実が落ちているのに目を止めた。

「え……？　あ、梨？」

拾い上げると、洋梨に近い品種のようで、縦に長い。甘く瑞々《みずみず》しい香りがした。

そういえば……廉威の好物って梨じゃなかったっけ？

小説内での話だけれど、好きなフルーツは梨というセリフがあったと記憶している。この世界でも同じなら――。

見上げると、広がった枝にいくつもの実がなっていた。深雪は思いきり背伸びをしたが、捥《も》げたのはふたつだけだった。

しかし厩舎帰りの深雪は、幸いにも身軽な男装だ。このチャンスを逃す手はないと、幹に手をかけた。

「よっ……と」

そう高い木ではないので登るのに苦労はないが、枝も太くはないから、あまり体重をかけると折れそうだ。中心の幹にしがみついたまま、できるだけ手を伸ばす。

捥いではそっと地面に落とし、ということを繰り返していると、悲鳴が聞こえた。

「おっ、お后さま！　なにをなさっておいでです⁉」

鈴悠が裙《くん》の裾を絡げて走ってくる。

まずいところを……。

小言は避けられないと思いながらも、木の上にいるよりはましだろうと、深雪は慌てて飛び降りる。それを見て鈴悠は、鶏のような声を上げた。

「……お、お帰りが……遅いと、お迎えに出ましたら……なん、なんという……」

ゼイゼイと胸を押さえる鈴悠に、深雪は両手を振った。

「そんな子どもじゃないんだから、迎えなんて必要ないのに——」

「いいえ！」

鈴悠の眉が吊り上がる。

「参上して正解でございました。いいえ、もっと早く出向くべきでございました。いったいなにごとでございますか？」

「見てのとおり、梨狩りよ。食べごろじゃない？」

深雪は梨を拾って、鈴悠の手に載せていく。

「それはそうですが……一度にこんなにたくさん召し上がれますか？　梨は傷みが早うございます」

「あ、そうなの？　まあ、柔《やわ》らかそうだものね。あ、落としたから疵《きず》になってる。ますます急いで食べなきゃ」

保存がきくアレンジができればいいのだが、水分が多い梨はドライフルーツには不向きだろうし、素人が無理をしてカビでも生やしたら大変だ。

あとは砂糖漬けだが、甘さばかりが強調されて、深雪はあまり好みではない。

ゼリーとか作れたらよくない？　……いや、なんとかなるかも！

金蓮宮へ戻った深雪は、自ら厨房へ梨を運んだ。

「お、お后さま……！　こんなところに……散らかっておりまして、申しわけございません！」

「ああ、いいのいいの。それよりいつもご苦労さま。美味しくいただいてます」

その言葉に感激しているらしい下女たちに、深雪は頼み込んだ。

「ちょっと隅のほうを使わせてくれない？　あと、葛粉《くずこ》や寒天というものがあったら貸してほしいの」

深雪は返事を待たずに梨を洗い、皮をむき始める。

「寒天……なるものは存じ上げませんが、葛粉でしたらございます」

「あ、あるのね。よかった」

「お后さま、そんなことは下女たちがいたします。お部屋にお戻りを」

後を追ってきた鈴悠が、深雪の行動に狼狽《うろた》えた。

「私がやりたいの。それに、説明するのがむずかしいわ。実験しながらやったほうが、きっと早いし」

「じ、実験……またなにか薬の調合ですか？」

「いや、言葉の綾で……作るのは食べ物の予定。なにしろ初めての挑戦だから」

以前の深雪は自炊もしていたし、菓子作りの経験もあるけれど、レシピなしではやったことがない。

「それはそうでございましょう。ですから、これまでどおりお任せいただけませんか？　下女の仕事がなくなってしまいます。お后さまを含め、皆それぞれ役目がございますから」

深雪は梨を調理台に置いて、ふと顔を上げた。厨房の下女たちが所在なさげに佇《たたず》んでいるのを見て、たしかに鈴悠の言うとおりだと思う。

「ごめんなさい、お仕事の場所に割り込んで。少しの間、使わせてほしいの。自分で作ったおやつを主上に召し上がっていただきたくて……」

下女たちはそっと顔を見合わせて、場所を空《あ》けてくれた。后の頼みを断れるはずもないのだろうが、「うちの人に初めて作った食事を喜ばれたのを思い出します」という言葉も聞こえた。

深雪は梨を細かく刻んでから、すり鉢に入れてペースト状にしていく。すりこ木の扱いなんてわからないので、ひたすら押しつぶす戦法だ。フードプロセッサーは偉大だと思う。

梨のペーストと水で溶いた葛粉を混ぜ合わせて、鍋を火にかける。できるだけ柔らかい触感にしたいので、火加減は重要だ。

ぐつぐつと沸騰を始めた鍋を木べらで掻き回していると、中身が跳ねた。たまりかねたのか、鈴悠が深雪を羽交い絞めにする。侍女の仕事に炊事はないから、竈《かまど》の火が怖いのだろう。

「危のうございます！　やけどなさったら大ごとです！」

「だいじょうぶだってば。ほら、見て！」

深雪は木べらを持ち上げて、にゅうっと伸びる葛ゼリーを示した。梨の香りが濃く漂う。

「思ってたのとはちょっと違うけど、これはこれで食べ応えがある触感になりそう」

「こんなふうに固まるのですね……」

ようやく鈴悠も感心の面持ちで葛ゼリーに見入っている。

玻璃の器に小さくカットした梨と彩《いろど》りに木苺《きいちご》を入れ、上から葛ゼリーを流し込んだ。

「あとはこれを冷やして完成よ」

氷室に入れてから、深雪は再度下女たちに仕事を中断させたことを謝って、部屋に戻った。

ほどなくして廉威も外朝から帰ってきて、深雪を見て首を傾げる。

「どうした？　やけに機嫌がいいな。深雪《しんせつ》が笑顔だと、部屋の中も明るく感じる」

言葉を尽くしてくれるのは相変わらずだけれど、微笑はやはり控えめだ。

揃って軽食を取った後で、鈴悠が梨のゼリーを運んできた。器に入ったそれを、廉威は不思議そうに見つめる。

「梨の香がするようだが……これは？」

「作ってみました。お口に合えば嬉しいのですけど」

驚きに瞠られた双眸《そうぼう》が、深雪を捉えた。

「深雪が、これを？」

「はい。厨房を借りて。后がすることではないと諌《いさ》められましたが、主上が召し上がるものを、手ずから作りたかったんです。少しでも……お心が晴れたらいいと思って」

廉威は視線を落として匙《さじ》を手に取ると、柔らかなゼリーをすくい上げた。それが口に運ばれていくのを、深雪はじっと見守る。

「……うん、旨い。喉越しがいいな」

「本当ですか？　初めて作ったんです。ちゃんと梨の味します？」

恐る恐るといった体で口にした毒見係は、なめらかな触感のせいか器を空《から》にしていたが、深雪は完成品をまだ味見していない。

「食してみるといい。梨は好物だが、そのままよりも美味なくらいだ」

あ、やっぱり好きだったんだ。よかった。

ゼリーはよく冷えていて、深雪がよく知るそれとは違い、ぷるんとしながらももっちりとした触感が楽しく、梨の芳醇な香りも残っていた。

「我ながら上出来です」

満足の出来栄えに笑顔になると、廉威も微笑を返してくれた。ずいぶんと以前の表情を取り戻してくれたように見えて、深雪の心が弾む。

「ああ、深雪の手作りだと思うと、最高の菓子だ。これなら毎日でも食せる」

基本的にデザートの類《たぐい》は気が向いたときにしか手を出さない廉威なので、お世辞だとしても嬉しい。いや、廉威が喜んでくれたことが嬉しい。

「お望みでしたらいくらでも！　あ、でも梨の季節が終わったらむずかしいですけど……他にお好きな果物はなんですか？」

やる気を見せる深雪に、廉威は心から楽しそうにしながらゼリーを平らげた。

「深雪《しんせつ》――」

廉威は手を伸ばし、卓の上で深雪の手を握った。

「慰めてくれたのだな。それに、ずいぶんと心配をかけたようだ」

廉威の体温がじんわりと伝わってきて、深雪は脈が速くなるのを感じた。今さら手を握られたくらいで、どうしたのだろう。

しかし温もりが感じられるのが嬉しくて、深雪も手を握り返す。

「……いいえ。悲しくないはずがないし、偲ぶことが悪いとは思いません。ただ……主上がお心を塞いでいると、城内は火が消えたようで……」

廉威は頷くと、顔を近づけて囁いた。

「廟に行ってみようと思う。一緒に来てくれるか？」

「もちろんです」

廉威の口元に淡い笑みが浮かんだ。

「おまえがいれば、すべて乗り越えていける」


数日後、深雪と廉威は馬に乗って宮城を後にした。護衛として市黎も付き添っている。

「代わりに世話をしてくれていたと呂欣に聞いた。大儀であったな」

「いいえ、私は全然。でも、主上の馬たちは納得してなかったみたいですよ。なにをしても、なんだおまえは、みたいな目で見てましたから」

思い出して深雪がぼやくと、廉威は朗らかに笑った。

「それはどちらにもすまなかったな」

廉威が青毛の首を叩くと、馬は返事をするように嘶《いなな》いた。深雪が世話をしたときには、置物のように微動だしなかった馬だ。

人馬一体なんて言葉があるくらいだし、実際に乗って密着しているからだけじゃなくて、気持ちも寄り添うものなんだな……。

試しに月子の首に触れてみると、歩みを止めて不思議そうに首を捻《ひね》る。

「あ、なんでもないの。止まらないで進んで」

しかし月子は動こうとしないので、深雪は鐙で腹を蹴って促した。

「まだまだ意思の疎通はむずかしいです」

「わずか数十日で以心伝心になっては、俺の立つ瀬がなかろう。互いに思いやって、ともに成長していけばいい」

そんなふうにして、廉威と玄秀も友情を育んでいったのだろう。

廟は石を組み上げた素朴な建物で、ところどころ崩れかけてもいたが、かすかに残り香がした。

深雪は後宮の庭で摘《つ》んだ花を、背中に背負っていたかごから取り出した。

「また饅頭でも持ってきたのかと思ったら、花だったのか」

「あ、饅頭も持ってくればよかったですね。でも、玄秀は食べるのかな？」

「甘いものは好きだったぞ。癖になるからあまり与えなかったが。食えない花より、そのほうが喜んだかもしれぬ」

「玄秀は花より団子か……気が合ったかも」

深雪は独《ひと》り言《ご》ちて、花を廟の前に供えた。

「厩舎にも花を置いていたようだが」

この世界では、墓前に手向けるのは香のみなので、廉威は不思議に思ったのだろう。

「花を見たら気持ちが安らぎませんか？　草原を走る気分にもなったらいいと思って。形が残るものではないから、新しい花を供えにまた訪れようと思うでしょう？」

「なるほどな」

市黎が焚《た》いた香木を受け取った廉威は、花の隣にそれを置いた。

「あ……ご愛用の香ですね」

「ああ。そばにいられぬ代わりに」

「きっと喜んでると思います」

草原で馬を走らせ、小川で休憩を取った。

「廟が朽《く》ちかけているな。補修するように命じておこう」

深雪が頷くと、苦笑が返ってくる。

「看取ってやるのはむずかしいが、そのくらいはしてやりたい」

「譲歩し合いながら、徐々に変えていけばいいのではありませんか。私……やはり馬でも人間でも、大切な相手の臨終に立ち会えないのは寂しいです——あっ！」

深雪の言葉に同意した様子でいた廉威が、突然の大声に驚いた。

「ど、どうした？」

「どうもこうも、徐々に急いでください！」

深雪は廉威に詰め寄る。

「このままでは、主上が亡くなるときに、お別れができないじゃないですか！」

「お后さま！　不吉なお言葉でございます！」

それまで影のように気配を消していた市黎が、慌てて口を挟んできた。廉威は鷹揚に手を上げて、おかしそうに深雪を見下ろす。

「俺が逝くのが先か。たしかに戦へ赴けば、歳など関係なくどうなるかわからぬが」

「後宮に女性の警備官を配したのは、主上のご発案と聞いています。さらに女性兵士の登用も検討してはどうですか？　ついでに私もついていけるようにしていただけたら……戦場の混乱の中なら、看取ってはいけないなんて言っていられないでしょう」

危ない場所へは行ってほしくないのが本音だけれど、騎馬民族を祖とする菱国の王は、自ら軍を指揮する。それなら深雪も同行できるようになればいいと思ったのだが、廉威は困ったような顔をした。もちろん足手まといになっては意味がないから、戦場に立てるだけの技量を備えるのが前提のつもりだ。

「主上……私、わがままを言っているのは自覚しています。でも、自分にできることはなんでもしたいんです。幸い主上は、悪いようにはしないと言ってくださいました。后らしくなくて、苦情もあることでしょう。その矢面に立ってくださっていることに、申しわけなく思ってもいますし、感謝してもいます」

風になびく深雪のほつれ毛を、廉威はそっと指で撫でてくれた。

「気にするな。たしかに馬を乗り回すおまえを見て、后を兵士にするつもりかなどと言う輩《やから》もいるが、言いたい奴には言わせておけ。男と並び立つ技量があれば、女であることを理由に戦にかかわるなと、個人的には言うつもりはないが、認めさせるには時間がかかる。途方もなく、な。それとは別に、これも俺自身の気持ちだが、深雪《しんせつ》を戦場に出すのは、心配すぎて正気でいられない。ただ……おまえがまことに実力をつければ、考えも変わるかもしれない」

まさか具体的な答えが返ってくるとは予想もせず、深雪は廉威の手を握って喜びを示した。

「本当ですか!?　絶対許してもらえないと思ったのに」

「だからそれは今後次第だと言っている。今は是非を問われれば、迷いなく非だ。ついでに言えば、可能性は限りなく低い。しかし頭ごなしに禁じて、膨《ふく》れられても困るからな。俺にとっては深雪《しんせつ》の機嫌のほうが、臣下の小言よりも重大だ。それに――」

廉威は身を屈《かが》めて、深雪の耳元で囁いた。

「おまえが立派な女子であることは、ちゃんと俺が知っている」

意味深な含み笑いが添えられて、深雪ははっとした。

……それは、アレのことでしょうか……。

問い質《ただ》すまでもなく、閨《ねや》のことを示唆されているのだと気づいて、深雪は廉威を睨《にら》んでからそっぽを向いた。

「……そういうことを言わないでください」

たしかに夜を重ねるごとに、肉体が性の悦びに開花しているのは認めよう。今の外見はともかく、ずっと彼氏がいなかった深雪にしてみれば、画期的ともいえる変貌に、我ながら驚く。

しかし最近は、それだけではないのを感じている。多少心に余裕ができて、廉威の様子を窺えるようになったのだが、彼が感じているとわかると、もっと愉しんでほしいと思ってしまう。思うだけではなくて、拙《つたな》いなりに悦んでもらえそうな動きを模索してしまうのだ。

まあ、それで返り討ちに遭《あ》ったりもしてるけどね……。

しかし相手が自分の身体に感じて酔いしれてくれるのは、なんとなく嬉しくて誇らしくもあるのだと、本当に最近気づいた。ましてやイケメンの廉威なので、悩ましげな表情はもちろんのこと、深雪に向けられる言動や所作にも、心をときめかされることがたびたびだった。いや、正直に言おう。毎晩のようにドキドキしている。

夫婦になる決心をしたときに願ったように、いつの間にか、自然に廉威との距離が縮まっていた。彼の妻であることになんら違和感はなく、そばにいることが楽しく、彼が喜んでいれば深雪も嬉しいし、沈んでいれば悲しくて、どうにかしてあげたいと思ってしまう。

ええと……こういうのを恋、というのだろうか……。

彼氏いない歴＝年齢のまま人生を終えてしまった身としては、まさか別世界でそんなことになるとは、予想もしていなかった。というか、本当にこれが恋なのだろうか。

「それだけではないぞ」

あまりにも深雪の沈黙が長かったせいか、廉威が口を開く。

「旨いものも作ってくれただろう。まさか后の手料理が味わえるとは想像もしていなかった。美味なこと以外になにか——気持ちのようなものが伝わってきたと思うのは、俺の気のせいだろうか？　こうして安らかな気持ちで廟を詣でることができたのも、深雪《しんせつ》の心づかいがあればこそだ。おまえの言動のすべてが、好ましい……」

ふいに包むように背中から抱き締められて、深雪の鼓動が跳ねた。近くに市黎がいるのに、と狼狽えたが、それよりもときめきが勝っているのを認めざるを得ない。

「主上……っ……」

「恥じらう深雪は可愛い」

落ち着かない気分ながらも、廉威を振り解く気にはならないばかりか、その腕に自分の手を重ねていた。好きになってしまったのかもしれない相手にこんなふうにハグされて、嬉しくないはずがないではないか。

「……そんなに喜んでもらえることは、できていないと思っていました。あ——」

深雪は廉威を振り返る。

「いちばん肝心なことがまだですね。お世継ぎ——」

抱擁《ほうよう》が強くなった。頬に唇が触れる。

「焦《あせ》る必要はない。むしろ今は、もっとふたりきりの時間を楽しみたいと思っている」

まるきり嘘ではないのかもしれないけれど、深雪を気づかっての言葉だろう。きっと臣下からの無言の期待は、毎日のように感じているはずだ。

川風を頬に受けながら彼方に目を注ぐと、川向こうの森の手前が、赤く染まっていた。

「すごい……真っ赤。花、ですよね？」

風に合わせて揺れるさまは、帯がたなびくようだ。

「ああ、火炎草《かえんそう》だ」

「かえんそう……？」

ちょっと待って、聞いたことがある。なんだっけ……。

記憶の箱を漁っていた深雪は、そう苦労することなく、その印象的な植物の正体に辿《たど》り着いた。『銀龍金蓮』における解毒剤の上位互換アイテムというか、以前深雪が作った『毒払い』が樹妖に噛まれたときにのみ効果的な解毒剤だとしたら、あらゆる毒性動物に食べさせると、その動物そのものを無毒化し、無害になるその薬餌《やくじ》の元となる植物だ。

それを教えてくれたのは小説中に登場した術師だったけれど、入手が極めてむずかしいとかで、作中で火炎草は発見されていない。

それが……あの花なの？　この世界でも同じ効能があるとしたら、絶対に手に入れなくちゃ！

宮城に現れた樹妖は一掃されたが、また現れないとも限らない。火炎草はエサとして撒《ま》けるのだから、無毒化して負傷者を出さずに済む。動物の命を奪うことなく解決できるのではないだろうか。

見入る深雪を抱き締める力が強まった。

「近づくなよ。川向こうは危険な場所だ」

見回したところ、小川に橋はかかっていないようで、行くなら馬に川を渡らせなければならない。あるいは自力で渡るか。いずれも不可能ではない。

危険って言っても、見えるくらいの距離だし……。

花の時期がいつまでかわからないけれど、必ず手に入れよう。間違いなく菱の役に立つ。それはすなわち、廉威に喜んでもらえることであるはずだ。

6

いつものように外朝へ行く廉威《れんせい》を見送った後、深雪《みゆき》はなに食わぬ顔で厩舎《きゅうしゃ》へ向かった。

「おはようございます、お后《きさき》さま。毎日精が出ますだね」

呂欣《ろきん》の言葉に、深雪は笑顔で応えた。

「どんどん月子《げっし》が可愛《かわい》くなっていくの。今日は放牧場で少し走らせてみようかしら」

「それがいいですだ。馬は主が乗ってくれるのを、なにより喜びますだで」

よしよし、あとはこっそり抜け出せばＯＫね。

深雪は月子の世話をしてから、馬具を装着する。呂欣の言葉どおり、鞍《くら》を乗せると月子は期待するように足踏みをした。

「頼むわよ、月子。ふたりきりでもだいじょうぶだよね」

馬丁たちが厩舎を出入りするのを見ながら、深雪は放牧場で月子を走らせてタイミングを見計らっていた。途中で柵を外し、いつでも飛び出せるようにしておく。

放牧場を何周回っただろうか、ついに馬丁の姿が見えなくなった。

今だ！

深雪は月子の腹を蹴って、放牧場を抜け出す。そこからはもう、ひたすら全力疾走した。こういうときは度胸が大切なのだ。後ろを見て見つかったかどうかなんて確認している暇があったら、一歩でも前へ進む。

坂道を駆け下り、草原を突っ切って、次の小高い丘を目指す——とそのとき、月子のものではない蹄《ひづめ》の音が、遠くから聞こえた気がした。

え……？　嘘、見つかった？

そう思う間に、足音がぐんぐん迫ってくる。もう、すぐ後ろまで来ているのではないだろうか。

は、速っ！　まさか廉威——。

隣に馬体が並んで、深雪は視線だけを動かした。

「おひとりでどちらへ？　なにも伺《うかが》っておりませんが」

「……市黎《しらい》……びっくりした……っていうか、どうして市黎がいるの？　城門の警備は？」

「主上《しゅじょう》より、お后さまを護衛するよう申しつかっております」

「なるほど。監視されてたのね」

お目付け役がいたのを知らずにいたのは不覚だったが、市黎なら無理やり深雪を連れ戻しはしないだろう。安堵《あんど》したこともあって、深雪は速度を緩めた。しかし進路は変えない。

「お后さま、お戻りください」

「嫌。どうしても欲しいものがあるの」

「それでしたら、主上にお頼みになってはいかがですか？」

「そうじゃなくて」

深雪は睨《にら》むように市黎を見た。

「自分で手に入れたいの」

そう言いきって、速度を上げる。市黎はそれ以上言い返してこなかったが、離れずに後を追ってきた。

やがて前方に小川が見えてきて、深雪は川に沿って月子を歩かせる。できるだけ川幅が狭そうなところを探すつもりだった。

しかし市黎が遮《さえぎ》るように立ち塞がった。いつになく険しい表情をしている。

「川を渡るおつもりですか？」

「そうよ。見えるでしょう？　あの花が欲しいの」

「なりませぬ！　川向こうは危険な場所でございます」

「主上もそうおっしゃったけれど、川を渡ればもう目と鼻の先よ。こんな開けた場所で、なにが危ないって言うの？　川だって底が見えるくらいの浅さじゃない」

言い合っている時間が惜しい。廉威が外朝から戻ってきて深雪の不在に気づいたら、目的を達成する前に連れ戻されるだろう。兵を率いて駆けつけるのが、目に浮かぶようだ。

深雪は戸惑《とまど》う月子を川に進ませた。

「お后さま！」

市黎が激しい水しぶきを上げて追ってくるので、驚いた月子が慌《あわ》てて進んでくれたのは幸いだった。

岸に上がって、再び走り出す。

「どうってことないじゃない。ねえ、月子」

廉威は過保護なのだ。あるいは、深雪がなにかをするときには、自分がそばにいなければ気が済まないか。妻というよりも、子どもに対するようだ。それくらい深雪が危なっかしいのは認めるけれど。

そういうことだよね……。

どうやら深雪は廉威を好きになってしまったけれど、廉威も恋愛感情を持っているかどうかは、正直なところわからない。気に入っているという言葉は嘘ではないと思うが。

廉威と深雪は夫婦であり、男女の交わりもあるけれど、個人的な感情で結ばれたわけではない。そもそも廉威は、妻との間に恋愛感情が必要だと思っているのだろうか。

最初に説かれたのは、后としての立場と責任を自覚しろということだった。深雪にそう言うからには、自分はそうしているわけで、つまり深雪に接するのは、彼の王としての立場と責任によるものだ。

こちらが困惑《こんわく》するような甘いセリフを吐いたり、閨《ねや》の行為が情熱的だったりするのは、廉威自身の個性によるものだろう。深雪のリクエストに必要以上に応えるのも、そうすることで円滑な夫婦関係を維持できるから――。実際、機嫌を損ねたくないというようなことを言っていた。

いつの間にか下降線を辿《たど》っていた思考に気づいて、深雪はかぶりを振った。

なんなの、今さら。少しずつでも距離を縮められたらいいと思って、現に今はその実感もあって、この上なにを望むの。

心の距離が近づいて、思いがけず自分が恋をしていると気づいたからといって、彼にその気がないことに悩むなんて、我ながら自分勝手すぎる。少なくとも嫌われてはいないのだから充分ではないか。

廉威と出会ったからこそ、深雪は人を好きになる気持ちを知った。相手の言動に、こんなに感情が揺れる。どきりとしたり、心が弾んだり温かくなったり――。

気づけば眼前に、真っ赤な花が咲き誇っていた。緋毛氈《ひもうせん》のように広がって、目に染みるほど鮮やかだ。

目的を思い出した深雪は馬から降りて、鞍につけていたかごを抱えると、片っ端から花を摘《つ》み始めた。

ふいに金属的な音が響いて振り返ると、馬の傍《かたわ》らに立った市黎が抜刀して辺りを見回している。

「なあに？　物々しいわね。そんなことしなくてもいいから、一緒に花を摘んでくれない？」

今さら間が抜けていると思ったのだが、かごは用意したものの、鋏《はさみ》や鎌《かま》といったものを忘れていたのだ。火炎草《かえんそう》は思った以上に茎が強く、芋づる式というのか地下で繋がっていて、引っ張るとずるずる伸びてしまう。何度も根こそぎになって土が露出してしまい、これでは次のシーズンに影響が出てしまうのではないかと気になる。

刀を持ってるんだから、いっそ刈り取ってくれればいいのに……。

そんなことを思いながら、せっせと手を動かしていた深雪は、火炎草の葉陰に小枝や藁《わら》を集めた巣を見つけた。そこには、深緑色のまだらの卵がみっつ。鶏卵くらいの大きさだ。いったいなんの卵だろう。

「ねえ、市黎。これなんの卵――」

深雪の声に市黎が駆け寄り、卵を見るなり息を呑《の》んだ。

「ご無礼を！」

「えっ？　きゃっ……！」

市黎はいきなり深雪を抱き上げると馬に乗せて、月子の尻を強く叩いた。乱暴な扱《あつか》いに驚いたのか、月子は嘶《いなな》いて走り出す。

「ちょっと、なに!?　どういうこと？　私、まだ――」

どうにかかごは死守したものの、せっかく摘んだ花が半分以上こぼれ落ちてしまっていた。

文句を言おうと振り返った深雪は、驚きに目を見開いた。

市黎も馬に飛び乗るところだったが、それを目がけて這《は》い寄ってくるものがいた。

……なに、あれ!?

深雪が知っている動物に例えるなら、ワニやオオトカゲが近い。しかし目の間にサイのような角があり、尾はふたつに分かれている。

『銀龍金蓮《ぎんりゅうきんれん》』においては、尾が複数ある生き物はたいてい毒を持っているのだが、あのワニもどきもそうなのだろうか。

っていうか、毒があるなしの前に、あんなのに噛まれたら……。

廉威が危険だと言っていたのは、これが理由だったのか。しかしそれならそうと、ちゃんと説明してくれればよかったのに。

ワニもどきが火炎草の咲く場所に巣を作るのだとしたら、花を摘んでいた深雪を攻撃してきたのも納得だ。さすがに入手困難なアイテムだけのことはある。

「お后さま、速度を落とさずに、そのまま川を渡ってください！」

あっという間に深雪に追いついた市黎は、そう叫んだ。市黎が横で走っていても、背後からドドドドという地響き交じりの足音がする。ワニもどきは異様に足が速い。

言われなくても止まらないよ！

月子もまた危機を察しているのか、速度を緩めることなく川へ突入した。水しぶきを頭から浴びながら川を渡り、岸へ上がったところで、深雪は大きく揺さぶられて手綱《たづな》を離してしまった。

「あっ……！」

「お后さまっ……！」

鞍から尻が浮いたと思った次の瞬間身構えたが、呆気《あっけ》なく地面に投げ出された。

……痛ったあ……お尻打っちゃった。

「大事ございませんか!?」

深雪よりもよほど派手に馬から飛び降りながら、見事な着地を決めた市黎に抱き起される。

「ああ、平気……落馬も上手くなったみたい。それよりあのワニもどきは⁉」

「ワニ……？　ああ、大顎《おおあご》でございますか？　奴らは水を嫌いますし、縄張り意識が強いので、川を越えれば追ってこないかと」

「そうなんだ……ひと安心ってとこね」

「しかし急ぎ戻りましょう。おけがの手当てをせねば」

眉を寄せる市黎の視線を辿ると、袍《ほう》の袖が破れて、肘下に擦り傷ができていた。

「これくらいどうってことないわ」

それよりも、このひどいありさまを鈴悠《りんゆう》にどう言いつくろうべきか、頭が痛い。収穫も今ひとつだったことを考えると、準備が足りなかったと反省するしかない。

しかし、事態は深雪の予想を超えていた。宮城へと近づくと、物々しい雰囲気に満ちている。ふだんは見かけることがない場所に警備兵の姿があり、その中のひとりが駆けつけてくる。

「失礼！　お后さままであらせられますな⁉　おおーいっ！　いらしたぞ！」

その声に呼ばれて、何人もの兵が集まってきた。手綱を取られ、深雪は馬に乗ったまま兵に導かれていく。

「衛尉丞《えいいじょう》はこちらへ」

どういうわけか、市黎は馬を降ろされ、両脇を兵に固められるようにして歩いていた。

これは……完全に廉威にバレてるな……。

いつ廉威が飛び出してくるかと、深雪は恐々としていたのだが、厩舎側の門から入城して馬を降りても、外朝の壁に沿って移動する間も、廉威は現れなかった。

後宮の門前に、苦虫を噛みつぶしたような顔をした活子規《かつしき》が立っていて、深雪は面目なく俯《うつむ》く。

「おかえりなさいませ」

「お騒がせしてしまって……ごめんなさい」

「まずは主上にご挨拶《あいさつ》ください。お后さまのお姿をご覧になれば、落ち着かれますことでしょう」

後宮に入った深雪は、警備官でなく男性兵士がそこかしこに立っていることに驚いた。ことに、子規に導かれて向かった光晨殿《こうしんでん》の入り口は物々しいまでの厳重さだ。

深雪の表情に気づいて、子規がため息交じりに答える。

「こうでもせねば、主上は宮城を飛び出しかねないご様子でしたので」

廉威ならやりかねない。深雪自身も、想像していたくらいだ。しかし、これではまるで監禁されているようだ。

「用心のためです。お后さまのご不在の理由が不明でしたので、万が一連れ去られたのであれば、主上にも危険が及びます」

ああ、たしかに……どっちもいなくなったなんてことになったら、国家の一大事だもんね。やはり自分は后としての自覚が足りない。無断で姿をくらませば、こんな大ごとになるのだ。現代人のプチ家出とはわけが違う。

子規の指示で扉が開かれ、深雪は覚悟を決めた。こんな騒ぎを起こしてしまった以上、とにかく謝るしかない。

過日、初めて廉威と顔を合わせた広間に入ると、玉座に座っていた廉威が立ち上って駆け寄ってきた。

「深雪《しんせつ》……！　なんという姿だ……大事ないか？　腕を！」

「ほんのかすり傷です。それも自分で落馬しただけですから……それより、黙って出ていって申しわけ――」

強い力で抱き締められ、深雪は言葉を失った。力は強いけれど、その腕から震《ふる》えが伝わってくるのだ。

「生きた心地がしなかったぞ……」

衣に焚《た》きしめられた沈香《じんこう》に、我知らず深雪の手も廉威の身体に回る。心配させてしまった、こんなに心配してくれた、と申しわけなさが込み上げた。

しかし廉威の身体に緊張が走ったかと思うと、深雪から手を離す。

「市黎！」

えっ……？

振り返った深雪の目に映ったのは、肩を怒らせて拳を握り締める廉威の後ろ姿と、その向こうで跪《ひざまず》いている市黎だった。その両脇に立つ兵士は、槍《やり》先を市黎に向けている。

「きさま、護衛でありながら深雪《しんせつ》にけがを負わせるなど、なにを考えている！　役立たずを選んだつもりはない！」

え？　ええっ⁉　ちょっ、なんで⁉

廉威の激高《げっこう》ぶりが凄まじく、深雪は呆然《ぼうぜん》と立ち尽くした。

これまで廉威は臣下に対して厳しい沙汰を下すときも、深雪が知る限りでは声を荒らげるようなことはなかった。それが今、口調を整える余裕もなくして、市黎を叱責《しっせき》している。

廉威は肩で息をしながら、市黎を睨みつけていた。それに対して、市黎は平身低頭するばかりだ。

「一応審議の場は設けるが、極刑は免《まぬか》れぬと思え」

極刑、って……。

深雪は蒼白になり、ふらつきながら廉威に歩み寄ろうとした。

「お待ちください！　市黎は――」

そのとき、いつの間にかそばにいた子規が、深雪を遮るように一歩踏み出した。

「お后さまといえども、主上にお言葉を返すのは許されません」

だって、このままじゃ……廉威は誤解してるのよ。

しかし子規の厳しい視線が、深雪から言葉を奪った。

これまでにも何度となく慣例を覆して、后らしくない行動を重ねてきた深雪だ。臣下には苦々しく思っている者もいるだろう。廉威が許してくれたから、どうにか黙認されてきたのだ。

ここで深雪が異を唱えて、廉威が耳を傾けたら、王としての沽券《こけん》に関わるかもしれない。后の言いなりになる腑《ふ》抜《ぬ》けの王と、廉威まで軽んじられる可能性だってなくはない。

そんなことを考えて迷っているうちに、市黎は兵士たちに連れていかれてしまった。

「市黎はどこへ……？」

「審議までの間、牢に入れておきます」

なんの感情も窺《うかが》えない子規の答えに、深雪は慌てる。やはりこのままではいけない。

廉威はしばらく広間の出口を見ていたが、子規を振り返った。

「会議を再開する。集会を命じよ」

そのまま歩き出すのを、深雪は追いかけようとした。

「お后さま……！」

「なんとおいたわしい……」

しかし女官たちに囲まれ、手を引かれて金蓮宮《きんれんきゅう》へ連れていかれてしまった。


「お后さまっ……ああ、おけがを⁉」

泣き腫《は》らした目をした鈴悠が、深雪を見て新たな涙を溢《あふ》れさせた。

「ああ、鈴悠、泣くことはないのよ。心配させてしまったのね、ごめんなさい」

廉威や市黎だけではない。こんなに大勢の人に心配をかけて、日常を乱してしまったのだと改めて気づかされて、深雪は滅入《めい》っていった。

いったいなにをやってるんだろう、私……みんな、本来の仕事もできずに気を揉《も》んでたんだわ。なにが菱《りょう》のためなのよ？　真逆じゃない。

廉威も会議を放り出して、深雪の安否を気にしていたのだろう。深雪が宮城を抜け出したりしなかったら、今ごろ決まっていた事案もあって、実行に移っていたかもしれない。朝議を終えて、各々の時間を過ごす計画があった臣下も、それを返上して会議に集っているのだ。すべて勝手な行動をした深雪が悪い。謝っても取り返しがつくことではないかもしれないけれど、謝罪することしかできないのが、さらに申しわけない。

しかし市黎のことはちゃんと説明して、解放してもらわなくてはならない。

汚れた衣服を脱がされ、髪も身体もきれいに洗われ、傷は念入りに手当てされた。それだって深雪がおとなしくしていたら必要がなかったことで、女官や侍女たちの手間を増やしているのだと思うと心苦しい。

「お后さま……？　どこか痛みますか」

鳥の子色の深衣に着替えた深雪が黙って俯いていたせいか、鈴悠が気づかわし気に花茶の器を差し出した。

「ううん、平気よ。この包帯だって、大げさなくらい。市黎のほうが心配だわ。お城まで歩いているとき、少し足を引きずっていたの。挫《くじ》いたのかもしれない。ちゃんと治療してもらってるかしら？」

それに対して、鈴悠は困惑《こんわく》したように目を逸《そ》らした。

「……さあ、私は……」

「誰かに訊《き》いてきてくれない？　尚書令《しょうしょれい》――はむずかしくても、光晨殿にまだ誰か――」

「お后さま、恐れながら――」

鈴悠はいつになく強い口調で、深雪の言葉を遮った。

「衛尉丞のお話は、なさらないほうがよろしいと思います」

「…………」

咎人《とがびと》だから……？

まだどこかで、深雪は楽観視していたのかもしれない。廉威の怒りも一時のことで、落ち着けば収まるのだろうと。それでも事態が好転しなければ、深雪がなんとしても市黎の無罪を訴《うった》えるのだと。

しかし公の場ではなかったとはいえ、廉威ははっきりと極刑を口にしたのだ。王の意が簡単に覆っていいものではないと、ましてや深雪が口を挟んではだめだと、先ほど思ったのではなかったか。

でも……このままでは……。

「さあ、御髪《おぐし》を結わせていただきますね。この笄《こうがい》がお衣装の色にきっと合いますわ」

髪を結ってもらい、薄く化粧もして、廉威が戻ってくるのを待っていたが、外が薄暗くなり始めても姿を現さなかった。花瓶に活けてもらった火炎草に、深雪はちらりと目をやる。

「そろそろ夕餉《ゆうげ》にいたしましょうか？」

「え？　まだ主上がお戻りではないでしょう？」

それとももう到着したのだろうかと深雪が腰を浮かせかけたとき、女官がかぶりを振った。

「本日、主上は銀龍宮《ぎんりゅうきゅう》でお過ごしでございます。お后さまには、充分にお身体をお休めになられるように、と――」

それを聞いて、深雪は火炎草を掴むと、部屋を飛び出した。

「お后さま！　どちらへ!?」

「銀龍宮へ行きます！　心配しないで！」

行先を告げようとも、いや、だからこそなのか女官や侍女は慌てふためき、引き止めようと追ってきたが、深雪は深衣の裾を絡げて金蓮宮の階段を駆け下り、薄暗い庭園を一目散に銀龍宮を目指した。

途中、警備官の誰何《すいか》を受けたが、

「主上のところへ行きます。止めても無駄よ」

と言い返し、豪気な女人を後ずさらせたから、きっと鬼気迫っていたのだろう。

松明《たいまつ》の火が揺れる橋を渡って、配置されている警備の者も同様に振り切った。これでまた変わり者の后というレッテルが貼られるだろうけれど、かまいはしない。

だって、市黎が罰せられるのも間違ってるし……廉威がそんなことを命じるのも嫌だもの。

たとえ廉威が己の発言を覆すことになっても、間違いをそのまま通すよりずっといい。

さすがに宮殿入り口を守る警備は厳しく、深雪は足止めされたが、相手も深雪を后と承知なので、侍従を呼び出す。

「こ、これはお后さま……」

通常、先ぶれもなしに、しかも后のほうから王を訪れるなど、長きにわたって仕えてきた老齢の近習《きんじゅ》にも、初めてのことだろう。

「主上にお目通りを願います」

「は、しかしながら……」

困り果てた様子の近習の背後に、影が立った。

「深雪《しんせつ》……！　声が聞こえてもしやと思えば……大事ないのか？」

「主上、おくつろぎのところをいきなり伺って申しわけありません。でも、少しお話しさせてくださいませんか？」

廉威もまた少し戸惑ったように頷《うなず》いた。

「ああ、許す。付き添いは？　まさかひとりでここまで？」

「宮城内くらいひとりでも歩けます」

光晨殿での一件を忘れたような廉威の態度に、深雪は少し苛立《いらだ》って嫌味を返した。しかしまったく気づいていないようで、それがまた腹立たしい。

自ら案内してくれた居室に入ると、廉威は深雪をしげしげと見つめた。すぐに腕の包帯に目を止めて、口元を歪《ゆが》める。

「あいつ……」

深雪の手を取りながら目をぎらつかせる廉威に、その激しい一面に驚きながらも言い返した。

「待ってください。あいつって市黎のことですか？」

「他に誰がいる？　后の身を守れずにけがを負わせるなど、万死に値する」

廉威の怒気が急上昇するのにつられて、深雪の口調も激しくなった。

「だから誤解だと言ってるじゃないですか！　こんなかすり傷に大騒ぎしてますけど、市黎がいなかったら、ワニに襲われるところだったんですよ」

「ワニ？」

「あ、ええとなんだっけ……そう、大顎です！」

「なんと！」

廉威は目を瞠《みは》った。

「川向こうへ行ったというのか！　危険な場所だと言ったはずだ！　おのれ市黎！　審議などするまでもない、ただちに沙汰を――」

逆上する廉威の前に、深雪は火炎草を突きつけた。

「な、なんだ……火炎草ではないか」

「そうです。主上が教えてくれたんですよね？　私、これがどうしても欲しくて、お城を抜け出して取りに行きました。その途中で市黎が追いかけてきて、止められたのに聞かずに向かったのは私です」

市黎は何度も戻るように促したこと、小川を越えようとしていると知ったときには、血相を変えて思いとどまらせようとしたこと、それでも川を渡った深雪を、抜刀して見守ってくれたこと。

「最終的には、私が卵を見つけたせいで、大顎が襲ってきて……市黎はいち早く察して、私を馬に乗せて逃がしてくれました。この傷は、そのときに落馬してついたもので、まったくの自業自得です。それもほんのかすり傷で――なんなら見せましょうか？」

深雪が包帯を解き出すと、廉威は慌てて止めた。

「よせ！　とにかく、座れ」

廉威は深雪を窓辺の長椅子に座らせると、自分も隣に腰を下ろした。垂れ下がった包帯を、慣れない手つきで巻き直してくれる。その表情はまだ険しい――というか、苦虫を嚙みつぶしたようだ。

しかし深雪は諦《あきら》めなかった。諦めるくらいなら、はじめからここに来ない。

「市黎が私を追いかけてきたのは、主上が護衛を命じたからですよね？　市黎はそれを果たそうとして、でも私が逆らったから、強く出ることもできなくて……悪いのは市黎じゃなくて私です。主上の言葉に背《そむ》きました」

廉威は頭痛をこらえるように額に手を当てている。原因は深雪だと知って、本当に頭が痛いのかもしれない。しかし、真実を知ってほしい。

「お願いです！　市黎を罰しないでください。どうしてもというなら、その前に私を罰してください」

「深雪《しんせつ》、なにを言う」

「だって、命令に従おうとした市黎が罪に問われるなら、主上の言葉を聞かなかった私は間違いなく咎人です」

市黎が刑に処されるのが納得できないのももちろんだけれど、廉威にそんな過《あやま》ちを犯してほしくないのだ。

だって……廉威を嫌いになりたくない……。

深雪が好きになったのは、王としての責任と自覚を持ち、国と民のために尽くす廉威だ。己の言葉を覆すことになっても、真実を選び取ってほしい。

廉威はしばらく動きを止めていたが、やがて長いため息をついた。

「おまえを罰するなんて、できるはずがなかろう」

「じゃあ、市黎も――」

「極刑だと言っておいてか？」

「だって、なにも罪はありません。それに光晨殿でのことは、公的なやり取りではないでしょう？」

ここはもう押すしかないと、勢いづく深雪に、廉威は諦めたように首を振った。

「耳を貸さなければ、深雪《しんせつ》に恨まれることになりそうだ」

「あ……ありがとうございます！」

思わず廉威に抱きつくと、廉威は深雪を抱き返してくれた。

あれ……？

いつもなら廉威の抱擁はもっと強いはずだ。深雪から抱きついたりしたら、骨も折れよとばかりに締めつけられるのが常なのに。

……見限られてしまった？　内心はもう私にうんざりしてる？

急速に不安が押し寄せてきた。好きになってもらえないとしても、嫌われるのは嫌だ、悲しい。どうしたら――。

そもそも火炎草を摘みに行った理由について、まだ説明していなかったのを深雪は思い出した。それがなければ、ただ自分の気まぐれで騒ぎを引き起こしたことになる。もちろんしでかしたこと自体は、それで帳消しになると思っていないけれど。

「あのっ、この火炎草ですけど――」

深雪は長椅子に置いた火炎草に視線を向けた。

「毒性動物を無害化するエサが作れると聞いたことがあって……それも、どの毒性動物にも効果があるらしいので、ぜひとも手に入れたいと思ったんです」

「この植物が？」

廉威の目が、国と民のために行動する王の光を放った気がした。

「あ、でも実際にその効力を確認したわけではないので、違っていたらがっかりさせてしまうと思って、試してみるまでは内緒のつもりだったんですけど……」

「いや、『毒払い』を作り出したおまえだからな。火炎草にも充分期待が持てるだろう。しかしはじめからそう打ち明けてくれれば、使いを出して取りに行かせたものを」

「まさかあんな恐ろしいものがいるとは思わなかったんです！　主上は危険だから行くなとおっしゃったけれど、本当は私が馬で駆け回るのを内心よく思っていないからかと思ったし、市黎が止めるのも口裏を合わせているのかと——」

つい言い返してしまった深雪は、はっとして我に返り俯いた。

私ったらまた……今回のことだって、私がひとりで突っ走ったのが原因なのに。反省してるんじゃなかったの？

そっと目を上げると、切れ長の目がわずかに細められていた。気分を害してはいないようで、深雪はほっとしながら白状する。

「それと……本当に効果があったら、褒めてもらえるかなとか……少しは役に立つと思ってもらえるかと期待していました。それがこんなことになって……本当に申しわけありませんでした」

「互いに言葉が足りなかったということか。俺としては、大顎のことを知らせて、いたずらに脅《おび》えさせるのもよくないかと思ったのだが……これからはもっと伝え合うようにしよう。俺も改めるから、おまえもなんでも言ってほしい」

まさか廉威から反省の言葉を引き出してしまうなんて予想もせず、呆然とする深雪の肩を廉威が抱き寄せた。

「恐ろしい思いをさせてすまなかった」

その言葉に胸が熱くなる。初めて目にした奇怪な生き物に襲われて、またしても死んでしまうのかという考えが、必死の逃走劇の中で頭を過《よぎ》った。しかしトラックに轢《ひ》かれて命を落としたと知ったときとは違い、生き延びたいと強く思ったのだ。廉威に再会できずに死ぬなんて、絶対に嫌だ、と。

「おまえの姿が消えたと知って、俺も絶望に襲われた。あらゆることを後悔して、探しに行けぬ己の立場を呪いもした」

廉威の言葉が全身に染みて、改めて自分の振る舞いを反省するとともに、廉威に申しわけなく思う。同時に、廉威への想いが強く込み上げてくる。

……好き。この人が大好きだ……。

相手が同じ気持ちを持っていなくても、それがなんだというのだろう。こんなに愛《いと》しいと思える人のそばにいられて、大切にされて、それ以上を望むなんて深雪には贅沢だ。

「深雪《しんせつ》……おまえがいてくれるだけで、俺には望外の喜びだ」

深雪は顔を上げた。自分もそう思っているのだと、それくらいは口にしても許されるだろうか。

「私も……おそばにいられて幸せです」

かすかに頷いた廉威は、躊躇《ためら》うように口を開きかけ、視線をさまよわせた。

「主上？　なにか？」

「いや……」

どう見ても、なにかありそうなんですけど？　もしかして、私の言葉が気に入らなかった？

しかし廉威は、恋愛的ではなくても深雪を気に入ってくれているのではないか。そうでなければ、先ほどのようには言ってくれないはずだ。

気になる。ものすごく気になる。たとえ聞いて落ち込むようなことだとしても、訊かずにはいられない。

「お互いに言葉が足りなかったから、もっと伝え合うようにしようっておっしゃったのは主上ですよ？　だから私は思うままを口にしたんです。それがお気に障ったなら——」

「違う、そうではない」

廉威は慌てて否定した。本気で焦《あせ》っているようだ。だが深雪のほうは、それならなにが、とますます知りたい。

じっと見つめていると、廉威は迷った挙句の体で口を開いた。

「その……、市黎を庇《かば》い立てしたことに、他意はないのか？」

「は……？」

質問の意図がわからず、深雪は首を捻《ひね》った。

「他意……というのはどういう……？　今日の件は私が我を押し通したのが原因で、市黎は主上がお命じになったとおりに、身を挺して私を守ってくれたから、感謝こそしても罪はないと申し上げたのですけど――」

「嫉妬《しっと》した」

短い呟《つぶや》きが耳を通り抜け、そのまま聞き流してしまいそうになった深雪は、驚いてその尻尾を捕まえた。

嫉妬？　誰が誰に？　あ、したのは廉威か。えっ？　まさか私に？

あまりにも思いがけないセリフだったので、深雪は混乱して一瞬、廉威と市黎の関係を想像してしまった。オタク女の性である。

「悪いか。おまえは俺の妻だぞ。それも、生涯をともに生きようと初めて思った相手だ。おまえが他の男に肩入れして、面白いはずがあるまい」

拗《す》ねたようにこちらを横目で見て、心なしか口を尖《とが》らせている廉威を、深雪は呆然と見返した。

えっ、可愛いんですけど。こんな一面があるなんて――じゃなくて！　それって……それって、もしかして――。

「そんなに意外なことか？　初めて会ったときから、強く惹《ひ》かれた」

「ええっ、まさか！」

思わずそう言い返してしまったのも、無理はない。あのときの深雪に恋愛対象としての魅力があったとは、自分でも思えないのだ。ましてやどんな女性でも望めば手に入れられるだろうし、複数の美姫を囲っていた廉威の目に留まるとは考えられない。

「いい意味で予想を裏切られた。淑《しと》やかで慎ましく典雅な貴婦人など、ありきたりで面白みがないと気づいたのだ。素直で明朗で物怖じしないおまえは、自ら輝いて見えた」

……そんなふうに思ってくれてたの？　ほんとに……？

嫌われてはいないと思っていたけれど、廉威の言葉はさすがに盛りすぎではないか。さもなければ、淑やかで慎ましく典雅な貴婦人ばかり見てきたから、異色の深雪が印象的だったということなのでは。

「俺は以前からおまえを愛しく思い、唯一の伴侶だと伝えてきたつもりだが？」

廉威は焦《じ》れったそうに深雪の手を握ったが、深雪はまだ確信が持てなくて狼狽えた。

「……わ、私は……主上を恋愛感情で好きなんですけど……」

言っちゃった！　言っちゃったよ！

動揺しまくりで、背中が汗ばむ。化粧が剥《は》がれ落ちていないだろうか。それより廉威の反応は？

「恋愛感情……」

案の定、廉威は未知の呪文でも唱えるかのように呟いた。やはりこの世界は身分に限らず、そういう感情そのものが存在しなかったりするのだろうか。振り返ってみれば、イチャイチャしているカップルなんて見かけなかった。当の廉威が芝居がかった言動で深雪をかまっていたくらいで、だからこそそれは廉威の個性というか様式なのだろうと思っていたのだけれど。

「恋《こ》うている、ということなら、まさにそれだ」

はっとして深雪が顔を上げると、廉威は絶妙の角度で額に手を当て、ポーズを決めていた。

「ふっ、この俺が心奪われる日が来るなど……」

これ！　この絵に描いたようなキザさ！　とか言ってる場合じゃなくて――。

「……あの、それは……」

「俺とおまえは互いに想い合っているということだな」

廉威は今夜初めて晴れ晴れとした笑みを見せると、長椅子から立ち上がって深雪を抱き上げた。

「しゅ、主上!?」

「これほど喜ばしいことがあるか？　己の心はとうに承知していたが、もとよりおまえは莞《げん》の国命で嫁《とつ》いできたに過ぎない。妻にはできても、おまえ自身の気持ちを得るのはむずかしいだろうと思っていた。それでも——」

廉威の唇が深雪の頬に触れた。

「おまえを恋うる気持ちに変わりはなく、諦めることもできずにいたのだ。それが思いがけず今宵《こよい》、おまえの言葉を聞けた」

鼓動が高鳴る。これは夢じゃない。廉威と自分は両想いなのだ。

「深雪《しんせつ》……おまえの本心だと受け取っていいのだな？」

「……はい。私は主上を愛してます」

「愛する……そうか。俺もおまえが愛しい」

抱き上げられたまま唇を奪われ、気が遠くなるほど長いキスをした。

気づけば続き部屋の寝室へ運ばれていて、何枚もの帳《とばり》が降ろされた牀《しょう》へ横たえられる。

「あの——」

「今日はここで休め」

廉威はこともなげにそう言うが、后といえども王の寝所に入り込んでいいはずがない。しかし深雪もまた廉威と離れがたく、これからふたり揃って金蓮宮へ行くのもなにか違うと思った。

どうせとうに型破りな后の名を頂戴しているのだ、今さら怖いものなどない。

それに、もう止まりそうにないし……。

廉威はいつになく性急に、深雪の首筋や肩に唇を這わせながら、布を裂く勢いで深衣を乱していく。内衣《ないえ》ごと大きく襟元を開かれ、下着の上から乳房を掴まれた。

「あ、あっ……主、上っ……」

最初から痺《しび》れるような疼《うず》きが湧き上がって、深雪は頭を強く振った。弾みで笄《こうがい》が抜け落ち、頬に押しつけられる。廉威はそれをつまんで投げ、衝立に音を響かせた。

「べっ甲なのに……疵《きず》がつきます」

「おまえの頬に跡がつくよりずっといい。おまえに跡をつけるのは俺だけだ。そうだろう？」

胸元を吸われて身じろぐ深雪の衣装が剥ぎ取られ、下着の紐も解かれた。解放されて弾む乳房をすくい上げられ、形が変わるほど揉みしだかれる。手荒な愛撫《あいぶ》にも官能は高まるばかりで、乳頭を口に含まれた瞬間、自分でも驚くような喘《あえ》ぎが洩《も》れた。廉威は唇を離して深雪の胸に突っ伏し、深く息をつく。

「俺を煽《あお》って楽しんでいるのか？　これでも丁寧に扱おうと必死なのに……」

「えっ、そんなつもりは全然……すみません、なんかおかしいんです私……」

「おかしい？　どんなふうに？」

顔を上げた廉威と見つめ合う格好になり、その端整な面にときめいてしまう。本当にこの人と両想いで、エッチしているんだと思ったら、幸せすぎてますます舞い上がりそうだ。

「なんだか、主上になにをされても……その、感じてしまって——」

再び顔を伏せた廉威に、深雪は明け透けすぎただろうかと慌てた。この世界の女人としては、恥じらいがなさすぎただろうか。それで廉威に嫌がられたりしたら、悲しすぎる。

「いえ、あの——あっ、ちょっ……睫毛《まつげ》、擽《くすぐ》ったいです！」

「なるほど。俺になにをされても、というのは事実のようだ。しかし、なぜ謝る？」

廉威は深雪の乳房を包み、乳頭を捻り上げた。ちりちりとした疼痛《とうつう》に、乳首だけでなく乳暈《にゅううん》まで硬く盛り上がる。

「こんなふうに、素直に応えてくれる。それが俺には喜びであり、安心でもある」

「あ、安心……？」

「そうだ。おまえに受け入れられているのだと、そう感じられる」

指の間から覗く先端を舐《な》められて、深雪はたまらず廉威の頭を抱いた。

「好きな人にされて、嫌なはずがありません。あっ……」

「そうか？　もっと知りたい——」

廉威は深雪の乳頭を含んで舌で転がしながら、手を下肢に伸ばした。まといつく衣を掻《か》き分けて、秘所に指を忍ばせる。秘裂《ひれつ》に差し入れられた指が、ぬるりと滑った。

「ああっ……」

深雪の予想よりもはるかに潤った花園を掻き回され、蜜が内腿を濡らす。隠しようがないとわかっていても閉じそうになる太腿を、廉威は許さずに自分の身体を割り込ませた。

「深雪《しんせつ》は俺を喜ばせるのが上手い。全力でもてなし返さねばならぬな」

そのまま身体を下げた廉威は、深雪の花園に舌を伸ばした。真っ先に襲われたのは、きっと存在を主張していたのであろう花蕾《からい》で、舌ですくい上げられるたびに、深雪の身体はびくびくと跳ねた。

指を差し入れられながら刺激されると、意図せずに廉威の指を締めつけてしまう。隙間から新たな蜜が溢れ出して、秘裂の後方へと伝っていく。廉威の寝間を汚してしまうと思ったが、自分ではどうすることもできない。ただ快感を甘受するだけだ。

「あ、んっ……あ、ああっ……」

唇を押しつけられて花蕾を吸い上げられ、深雪は呆気なく果てた。余韻に震える身体を、廉威はなおも煽ろうとする。

「……ま、待って、待ってください。今度は私が——」

「なにをしてくれると言うのだ？」

たしかに夜毎のように抱き合いながら、深雪のほうから愛撫を施したことなどない。そんな隙もないほど廉威に翻弄されっぱなしで、考える間すらなかった。だから上手くできるはずもないのだけれど、廉威を悦《よろこ》ばせたいという気持ちは伝えたい。

「それは、ええと……」

言い淀《よど》む深雪に、廉威はふっと笑った。

「それは次の楽しみに取っておこう。今は早くおまえが欲しい」

言葉が終わらないうちに組み敷かれ、衣の前をくつろげただけの廉威が押し入ってきた。一気に根元まで貫かれて、深雪は鳥肌立つほどの悦びに引き込まれた。

「あっ、あっ……」

廉威の肩にしがみついて、少しでも位置を変えて快感をやり過ごそうとしたが、逆に浮いた背中を抱かれ、思うさま揺さぶられる。

「やっ……、そんな……したらっ……」

「もういくか?」

実際油断したらすぐに達してしまいそうで、深雪はかぶりを振った。

「だ、から……あっ、おかしいって……言ったじゃない……ですか、あっ……」

「こんなふうなら大歓迎だ。いっそのこと、虜《とりこ》になって俺から離れられなくなればいい」

瞼《まぶた》や額にくちづけを降らせる廉威を見上げると、強い眼差しで見返していて、すでに走り出していた鼓動が、さらに速度を上げた。奥底で焔《ほのお》が揺れているようで、視線に晒《さら》されている肌が熱く感じられるほどだ。

その一方で必死さが窺えるのは、深雪の気のせいだろうか。今、身体だけでなく、深雪の心まで——いや、すべてを欲しがっているように感じる。

深雪は初めて自分から廉威にキスをした。

一瞬驚いたように見えた廉威は、すぐに舌を絡めてきて、激しく深雪を貪《むさぼ》る。頭の中まで掻き回されるような忘我が、たまらなく心地いい。以前は意思を流されそうで怖かったけれど、今は溺れたい。

そう思うようになったのは廉威を愛して、彼にも愛されているのだと知ったからだろう。廉威と一緒なら、今度こそ全力で人生を生きる。生まれ変わったら、なんて考えられないくらいに燃焼し尽くしてみせる。

ふいに廉威が低く呻《うめ》き、動きを止めた。

あれ……？

抑えようとしているようだが、深雪の上で肩を上下するほどの息づかいは、夜毎に目にしてきたものと似ていて——。

まさか……いっちゃった、とか……。

深雪の肩に額を押しつける廉威の髪を無意識に撫でると、不本意そうな表情が見えた。

「不覚だ、俺としたことが……」

「べつにそんな……」

ありていに言うなら、行為の着地点はそれで、そのためにあれやこれやとしているのだ。だいたいそれを言ったら、深雪なんて毎回フライングしている。いや、男のプライドというものがあるのだろうか。

「主上が感じてくださったなら、私はとても嬉しいんですけど。主上だっていつも、私を見てそう思ってくださっているんじゃありませんか？」

これも事実なのでそう伝えたのだが、廉威は納得しかねる顔をしている。

「それはどうだろうか。男たるもの、女人を満足させてこそではないか？　それが果たせねば、誹《そし》りを受けても言いわけできぬ」

「は？　そんなのナンセンスです。あ、えっと……そう、無意味なつまらない考えですよ。っていうか、体調だって状況だってそのときどきで違うんですから——」

「わかった、もういい……慰められているのか責められているのかわからなくなってきた……」

廉威は深雪に手のひらを向けると、気持ちを切り替えるかのように頭を振った。すでに結い崩れていた髷《まげ》が解けて、乱れ髪が肩を覆う。

わ、カッコいい……。

三次元のロン毛なんてむさ苦しいと思っていたはずなのに、廉威に限ってはそう感じない。お手入れ万全でつやつやなこともあるかもしれないが、廉威だからなんでもよく思えてしまうのだ、きっと。

見惚《みほ》れる深雪の眼前で衣装も脱ぎ捨てた廉威は、繋がったままの深雪を抱き起こした。向かい合って膝の上に跨《また》がらされる体勢に、達しても逞《たくま》しいままのものが深雪を刺激した。

「えっ、この格好はちょっと……」

自分の重みで廉威を奥深くまで迎え入れてしまい、そのまま動かれると指先まで痺れるようで、深雪は苦手だった。感じすぎて、とんでもない痴態を晒してしまいそうで。

「そうはいかぬ。今度は深雪の愉悦を見せてもらわねば……覚悟せよ」

「もう見たじゃないですか！　じゃあいいです！　さっきのはなしってことで――」

慌てる深雪などおかまいなしに、廉威は膝の上の深雪を揺らし始めた。タイミングを合わせるように下から突き上げられて、そのたびに身体が熱く昂《たかぶ》っていく。蜜と廉威に注がれたものが混ざり合って、派手な交接音が夜のしじまに響いた。

「あっ、ああっ……」

「いい、か？」

廉威の膝の上で跳ねながら、深雪はこくこくと頷いた。

「それではわからぬ。言え」

「……大好きっ……」

瞬間、怒張がいっそう力を増した気がした。

「まったく……本当におまえは俺を喜ばせるのが上手くて……愛しい――」

腰を抱かれて上下に揺すられ、弾む乳房に廉威は顔を埋めた。掻き分けるようにしながら食《は》まれて、深雪は嬌声《きょうせい》を上げる。

膨《ふく》らんだ熱が腰の中で暴れる。肉壁がうねって、廉威のものに絡みつく。それを押し返すように擦り上げられて、痺れが限界に達する。

「ああっ……」

仰《の》け反《ぞ》って全身を震わせる深雪を、廉威は褥《しとね》に押し倒して、なおも激しい抽挿《ちゅうそう》を続けた。

「……待って、待ってください……」

「待てるか。叶うなら、ひと晩中でも抱いていたい」

両膝が肩に着きそうなほど押し上げられ、真上から突き込まれる。苦しい体勢のはずなのに、快感ばかりが深雪を襲う。身を伸ばした廉威に胸を吸われて、早くも絶頂に導かれた。廉威もまた達したようで、ようやく身体が離れたと息をつく間もなく、今度は横たわったまま背中から抱かれた。

途中からタガが外れてしまったのか、廉威にそそのかされるままに、ずいぶんと恥ずかしいセリフを口走ったような気がする。もっと欲しいとか、大きくていい、とか。時空を超えても男はそういうのが好きなんだな、と思ったのは後のことだ。

だからといって、廉威に幻滅することはないのだから、恋は盲目とはよく言ったものだ。

最終的に身体を離したのは、気が早い雄鶏が鳴き出したころだった。

指一本動かせないくらい脱力した身体を廉威の胸板に預けて、深雪は両想いになった幸せを噛み締めていた。幸せとひと言でまとめてしまうには、肉体的な疲労が半端なかったけれど。

しかし一生片想いを続けるのだと思っていたし、その打開策があるなんて考えもしなかったのに、事態は動くときには動くものなのだと感心すらしてしまう。

だって……あんな大騒ぎがあったのに、それでお互いの気持ちがわかるなんて、予想できないよね——。

7

翌日、深雪《みゆき》は木霊鳥《こだまどり》の羽ばたきで目覚めた。

絶対的に睡眠時間が足りていなかったので、いつもと違う場所に寝ていたことに呆然《ぼうぜん》とし、ここが銀龍宮《ぎんりゅうきゅう》の寝所であること、廉威《れんせい》の姿がすでにないことに気づいて、あたふたと牀《しょう》から抜け出す。

寝室の窓辺にちょこんと止まっている木霊鳥のところへ行くと、なにやらぐじゅぐじゅと呟《つぶや》いた後で、市黎《しらい》の声がした。

『おけがの具合はいかがでしょうか？　先ほど衛尉《えいい》の任に復帰いたしました。お后《きさき》さまには一度ならずお救いいただき、感謝の念に堪えません。願わくは今後もお仕えできますよう』

「あ……」

さっそく廉威が指示してくれたのだろう。王であっても、いや、王だからこそ前言撤回はむずかしいことだったはずで、深雪は心から感謝した。もちろん後で廉威に会ったら、ちゃんと伝えるつもりだ。

市黎の声も元気そうで、それにもほっとしていると、木霊鳥が催促するように窓の桟《さん》を突いた。

「ああ、ごめん。おつかいご苦労さま」

麻の実を与えてから、深雪は返事を送った。

「昨日の件は完全に私の独断が引き起こしたもので、むしろ市黎を巻き込んでしまって、謝るのは私のほうです。ごめんなさい。これからも菱《りょう》と主上《しゅじょう》のために尽くしてくれたら嬉しいです。市黎こそ足はだいじょうぶ？　無理しないでね」

木霊鳥が飛び立っていくのを見送って、深雪は伸びをした。すっかり目も覚めたし、エッチのダメージも残っていないようだ。逆に思いきり運動した後のような爽快感すらある。って、現金だな私。でも、全部が上手くいって、次のステージに進めたみたいな気分なんだもの。

そのとき、隣の居室から咳払《せきばら》いが聞こえた。昨夜の近習《きんじゅ》のようだが、廉威が外朝にいるならやってくる理由もない——と思いかけてはっとする。

私か！

突然乗り込んできた后が銀龍宮で夜を明かしただけでなく、王が外朝で執務に取りかかっている時間になっても惰眠《だみん》を貪《むさぼ》っているなんて、近習には理解しがたいのだろう。

とりあえず深雪は大急ぎで身づくろいをした。髪を結うのは無理だけれど、撫《な》でつけて首の後ろでまとめておく。

「おはようございます……」

そろりと居室に顔を出すと、近習がお手本のような拝揖《はいゆう》をした。

「お后さまにおかれましては、お健やかにお目覚めでございましょうか？　朝餉《あさげ》をご用意いたしました」

「い、いいえ！　突然伺《うかが》って迷惑をかけましたのに、これ以上は――」

しかしタイミング悪く、深雪の腹が盛大に鳴った。笑ってくれればまだ救われるものを、近習はなにも聞こえなかったように、卓上の器に茶を注いだ。

「……じゃあ、お言葉に甘えて」

頭髪の半分ほどが白くなった近習は、たしか寧朱行《ねいしゆぎよう》という。初めて廉威にこの宮殿に連れてこられたとき、挨拶《あいさつ》をしたきりだ。廉威が生まれたときからそばに仕えているそうで、廉威には爺《じい》と呼ばれていた。

後宮は基本的に王以外男子禁制だが、この銀龍宮や光晨殿《こうしんでん》など王が主《あるじ》となる場所は、男性の警備官や使用人がいた。

卓へ向かう途中、水盤に火炎草《かえんそう》が浮かべてあるのに気づいた。

「だいぶ萎《しお》れてしまっておりましたが、少し息を吹き返したようでございます」

「朱行が？　ありがとう」

勢い込んで火炎草を取りに行ったのは自分だというのに、いろいろとあってほったらかしにしてしまった。

「美味しい……！」

お茶を飲んだ深雪は、思わず声に出した。すっきりとして、身体の中が洗い流されるようだ。それでいて後味はちゃんと残る。緑がかった色といい、緑茶に近いのではないだろうか。

「朝は毎日これをお飲みでした。お好みのようでございます」

「主上が？　それなら金蓮宮《きんれんきゅう》でもお出ししたほうがいいですね。なんていう茶葉なのかしら？」

当然のように花茶を勧めてしまっていたけれど、ちゃんと廉威の好みを知るべきだろう。

「よろしければお分けいたしましょう。実はこの茶葉は少々製法が特殊で、収穫してすぐに蒸して乾燥させたものでございまして——」

「あ、やっぱり発酵してないんですね」

「は……？　わかりかねますが、それによって瑞々《みずみず》しい色と香りが出るようでございます」

知ったかぶりをするつもりはなく、つい口にしてしまったのだが、この世界では発酵と意識せずに作り方を発見したようだ。

これ以上妙な奴だと思われないように、注意しなきゃ。

「そうなんですね。収穫時期に作るなら、分けてもらったら減ってしまうわ。来年、余分に作ってもらうことにして、それまではこちらで主上に差し上げてください」

「は、しかし……」

朱行が言いたいことはわかる。廉威は金蓮宮に入り浸りだから。出勤前に立ち寄って着替えているようだけれど、お茶を飲む暇はそうないのかもしれない。

「こんなに美味しいお茶を飲まずに済ますなんて、惜しいことです。毎朝一杯でも味わってゆっくりお過ごしになれば、きっとお勤めにもいっそう力が入ることでしょう」

深雪の言葉に、朱行はぽかんとしている。きっときてれつな噂《うわさ》ばかりを聞いていただろう后が、もっともらしいことを口にしていると意外に思っているのかもしれない。

「正直なところ、主上が毎日のように金蓮宮にお渡りになるのをお諌《いさ》めするのはむずかしいのですが――というか、私もできるだけ一緒に過ごしたいと思っているので、こういうのはどうですか？　銀龍宮と半々で生活するというのは」

朱行の目が見開かれるのを見て、やはりまずかったかと深雪は焦《あせ》った。王の居城にずかずかと乗り込んで、我が物顔で振る舞う后など言語道断だろうか。慈しみ育てた廉威が、こんな女を娶《めと》るなんて嘆かわしい、とか。

「いえ、あの……、単にここで過ごすように勧めても、きっと私も一緒にと言い出すのではないかと――あ、これは決して自慢とかじゃなくてですね――」

「精いっぱいお仕えさせていただきます」

深々と頭を下げた朱行に、今度は深雪のほうが瞠目《どうもく》する。

「え……？　いいんですか？　私がついてきても？」

朱行は微笑して頷《うなず》いた。

「お后さまをお迎えして以来、主上はずいぶんと朗らかにおなりだと拝察いたします。いえ、以前がそうでなかったとは申しませぬが、心から日々を楽しんでいらっしゃるようにお見受けし、大変喜ばしいことだと。僭越《せんえつ》ながら感謝申し上げます」

「や、そんな……私は思ったままに行動しているだけで。主上がお悩みになることも多いと思います」

深雪が恐縮していると、朱行は思い出すように目を細めた。

「ここだけの話でございますが、主上もご幼少のころはずいぶんと活発でいらっしゃいました」

「えっ、主上が？　どんな子どもだったんですか？　聞きたい！」

深雪は朝食を平らげる間、朱行から廉威の幼いころのエピソードを聞きまくったのだった。

知らない廉威について聞くのは楽しかった。礼儀正しくてちょっと堅苦しい面もあるけれど、朱行もいい人だ。

しかしこの世界での第二章に移った深雪としては、廉威ともっと進展したい。念願叶って廉威と両想いになれたのだから、そんな関係ならではの醍醐味を感じたいというか。そうは言ってもリアル恋愛を経験するのはこれが初めてなので、どうすればいいのか迷う。小説と同じように進んでいたら、まだ参考にできたのだけれど。

でも、『銀龍金蓮《ぎんりゅうきんれん》』と違うところもいっぱいあるもんね。それに、小説はあくまで創作物で、これは今の私の現実なんだから、自分で考えて切り拓いていかなきゃ。

思いがけず第二の人生を得て、そこで一生を添い遂げたいと思う相手に巡り会えたのだから、自分らしく精いっぱい生きるしかない。己に正直に行動することを、幸いにも廉威は認めてくれる。でも自重はしようと思う。廉威を困らせては意味がない。深雪は廉威と幸せに生きていきたいのだ。

そう結論を出した深雪は、金蓮宮に戻るとさっそく火炎草をエサに加工する作業を始めた。

「花をすりつぶすのですか……？」

「そう、葉っぱも茎も全部ね。この強烈な色からして花だと思うんだけど、念のため。で、肉や穀物と別々に混ぜて、いろんな大きさの粒を作るから」

肉食と草食にざっくり分けたエサを、動物の大きさに合わせて丸めた。鈴悠らに訊《き》いたところによると、毒を持つ生き物は樹妖《じゅよう》の他にも、わかっているだけで二十種類ほどいるらしい。昆虫も含まれるということだ。

「虫かあ……蜜じゃだめだったってこと？　火炎草は好きじゃないのかな？　絞り汁を噴霧するとか……」

とにかく出来上がったエサを試してみることにして、まずは宮城内に捕獲してある樹妖を連れてくるように指示した。毒消しの効果がなくても、樹妖なら解毒剤でなんとかなる。

深雪も光晨殿に場所を移して待つが、樹妖が運ばれてくると聞いて、侍女や女官は脅《おび》えた。

「なにをなさるおつもりでございますか？」

「だから毒がなくなるかどうかの実験よ」

一匹ずつかごに入れた樹妖を連れてきたのは、陶《とう》市黎他二名の衛尉だった。

「市黎！　元気そうでよかった」

市黎はかごを置くと、深雪に拝揖した。

「お気づかいいただき、恐悦に存じます。任務に就いてこその身でございますれば──」

長々と続く口上に、深雪は頷きを返しながら、エサを手にかごに近づく。しかしすかさず市黎が間に立ち塞がった。

「恐れながら、なにをなさるおつもりでしょう？　お后さまが樹妖をご所望と聞き、私が役を代わって参じましたのですが」

ああ、廉威の勅命を拝してる市黎としては、見過ごせないよね……。

「エサを作ってみたから、食べさせようと思って。ほら、あの火炎草を使ってるの」

樹妖は移動させられて興奮しているのか、かごの中を忙しなく回っている。深雪がエサをかごに近づけようとすると、市黎はそれを取り上げた。

「私がいたします」

それでも直接樹妖に手渡すのは恐ろしかったのか、かごの隙間から小さな粒を流し入れた。

三匹の樹妖はその匂いを嗅いだ後、前肢で掴んで食べ始める。

「可愛《かわい》いー」

「お、お后さま、なんて恐ろしいことを……」

女官が悲鳴に似た声を上げるが、深雪はかまわずに三匹全部がエサを食べたのを確認した。

「市黎、『毒払い』は持ってる？」

「もちろんでございます。このように城内で樹妖を移動させる際には、必ず携帯するように命じられております」

「そう、じゃあ――」

深雪は腕まくりをしてかごに指先を近づけた。とたんにいくつもの悲鳴が上がり、市黎は深雪の手を払った。

「ご無礼を！　なにをなさいます、お后さま！」

「なにって、実験に決まってるでしょ。火炎草を使ったエサを食べると、毒が消えるかもしれないのよ。だから試してみようと――」

「かもしれないで試さないでください！」

動転した市黎は、すっかり敬語が飛んでいる。

「だって、やってみなきゃわからないじゃない。『毒払い』はあるんでしょ？　なら、だめでもだいじょうぶ――」

「では私が！　私が噛まれます！」

「えっ、それは違うんじゃない？　作ったのは私だし、責任持って実験しないと。それに市黎は前に噛まれてるから、アナフィラキシーとかあったら――」

「自ら志願しているのだから、やらせればいい」

喧噪《けんそう》の中でもよく通る声が響いた。振り返ると、廉威が活子規《かつしき》を連れて広間の入り口に立っていた。

「主上、おかえりなさいませ」

女官や市黎たちが一斉に拝揖する中を、廉威は深雪に近づいてきた。軽く抱擁《ほうよう》してから、樹妖のかごに目を落とす。

「樹妖を運ばせると聞いて、準備ができたのかと様子を見に来た。市黎、おまえが実験台になると言うのだな？」

「はい、ぜひ……」

廉威は満足げに目を細めて頷いた。

あれ……？　もしかして、まだ根に持ってる？

廉威が市黎に嫉妬《しっと》していると自白して驚き、深雪はすぐさま否定して納得してくれたと思っていたのだが、そう単純なことではないのだろうか。深雪にはまだ恋心の機微が理解できていないらしい。

そんなことを思っている間に、市黎はかごに指を伸ばし、見た目よりもずっと凶暴な樹妖は問答無用でそれに齧《かじ》りついた。低く呻《うめ》いた市黎の指先から血がにじみ、侍女が慌てて手巾《しゅきん》を差し出す。

「さすがは主上が期待する剛の者だ。市黎、よくやった」

子規が鷹揚に褒める。

「ごめんなさい、市黎。痛かったでしょ。それで……どんな感じ？」

考えてみれば経験者の市黎が実験台になったのは、比較ができて適任だった。そう思ってしまうあたり、深雪も廉威のことをとやかく言えない。

「前のときは、すぐに毒の症状が出たって言ってたわよね？　皮膚の変色はないみたいだけど、痺《しび》れとかは？」

「いいえ……噛まれた傷の痛みはありますが、小さな生き物ですので大したこともなく……だいじょうぶ、かもしれません」

「本当に？　じゃあ、効き目があるのね」

「一匹だけでは偶然ということもある。残りの二匹でも試すべきだな」

廉威、やっぱりまだ妬《や》いてるでしょ⁉

深雪は内心そう叫んで振り向いたが、廉威は涼しい顔だ。

「でっ、では我々が！」

菱王《りょう》直々の提案では逃れられないと覚悟したのか、あるいは市黎だけに手柄を渡すまいと張り切ったのか、他のふたりもそれぞれかごに指を突っ込んだ。

――結果として全員に毒の症状は現れず、火炎草のエサには毒性動物の毒そのものを消す効果があると考えられた。

廉威はすぐに隊を編成して小川近くの火炎草を刈り取らせつつ、近辺にエサを撒《ま》いた。一部は根ごと持ち帰られ、宮城で移植が行われている。また、火炎草の群生地を他にも捜索し、エサの大量製造を始めたようだ。

毒消しの効果は樹妖でしか実証されていないが、廉威いわく、なにもしなければ以前と変わらないが、エサを撒くことで被害が減るかもしれない。現時点ではそれで充分だという。

「なんでも国がどうにかしてくれると思われるよりは、自然にそうなったと受け止められるほうがいい。民が自力で事態を切り拓こうとする気概《きがい》を奪ってはよくない」

おそらくそのうち、また商家の若旦那の格好をして、火炎草のエサについても市中に広めていくのだろう。民が自らエサを作って撒いてくれれば、城内の人手も少なくて済む。

深雪は月子《げっし》に乗って市黎を従え、宮城周辺に広がりつつある火炎草の野原を見渡してから、馬の鼻先を市中方面へ向けた。

最近は廉威と一緒でなくても、馬で城外を回るのを許されている。もちろん危険な場所へ行くのは禁止で、それは市黎の采配に任されているのだが、一度廉威の逆鱗《げきりん》に触れたせいか、市黎のチェックは厳しい。

「市場なら問題ないでしょ。そろそろ柿の実が出回ってるはずなのよ」

後宮にも柿の木はあるのだが、残念なことに渋柿だ。干し柿にするそうなので、それはそれで楽しみにしているけれど、生の柿でスイーツを作って廉威に振る舞いたい。

前回、市場に赴いた際に、果物屋の女将から柿の時季を聞いておいたのだ。

市黎とふたりということもあって、馬は預けずに降りて手綱《たづな》を引いて歩く。行商人も行き交うので、馬の姿が皆無ではないが、男装の深雪が目立つ月子を連れていると、やはり視線を集めるようだ。

「おやまあ、誰かと思えば奥方さま！　今日は旦那はいらっしゃらないのかね？」

「こんにちは、女将さん。ええ、お客人との話が弾んでいて。後で果物を出したいんだけど、柿はありますか？」

女将は笑顔で頷くと、奥から木箱を抱えてきた。

「ちょうどよかった。昨日届いたばかりだよ。すぐに食べられるのもあるから、見つくろってあげようかね」

つやつやとした濃い色の柿は、大きくて重かった。すぐに市黎が受け取ってくれる。

「いやあ、奥方さまも馬に乗りなさるかね」

女将は感心したような目を月子に向けた。

「最近はちらほら見かけるけれど……なんでもお后さまもご自身で馬を駆るそうで、流行りなのかねえ。私なんかは恐ろしくて願い下げだけど」

「馬は可愛くて賢いですよ。乗れば簡単に好きなところへ行けるし」

深雪はそう答えたが、女将はぶるりと首を振った。

「私には無理だねえ。でも、奥方さまもお気をつけなさいよ。お子を授かっていたのを気づかなかったりしたら大ごとだ」

笑顔で頷いて店を後にしたが、密かな気がかりを指摘されたようでどきりとした。今のところその兆候はない。

結婚してひと月も経たないころから、女官や侍女たちには詮索され、生理のたびにがっかりされていたようだ。当初は、女官たちは気が早いと思っていたし、跡継ぎを産むのがつとめと理解していても、深雪自身が子どもを欲していたわけではない。無意識にそれから逃れるように、他に后として役立てることがあるのではないかと模索していた。

しかし廉威と身も心も結ばれて、自分たち夫婦はこの国の王と后なのだという自覚を新たにした今、跡継ぎの重要性を強く感じている。

ううん、それだけじゃなくて……廉威との子どもが欲しい。家族になりたい。愛の結晶なんて言葉があるけれど、夫婦が愛し合って、誰にでも見える形ができるなら、それは嬉しいと思うのだ。

きっと廉威も喜んでくれるだろう。廉威は前王と后の間に生まれた唯一の男子で、他は公主がふたりだけだ。その公主たちはすでに他国へ嫁《とつ》いでいる。

両親亡き今、そばにいるのは深雪だけだ。そこに家族が増えたら、きっと楽しくなるだろうし、なにより次世代へ続く期待となる。

……でも、どうすればいいわけ？　子どもは授かりものって言うしなあ……。

この世界にやってきて、かれこれ五か月相当が過ぎている。つまり廉威とのエッチ歴も同じくらいあるわけだが、毎晩のようにして避妊もしていないのに、妊娠しないのはどういうことなのだろう。

廉威が初体験だった深雪にはお手上げだ。なにをどうすればいいのか皆目見当がつかない。

「お子を授かりやすい姿勢、というものがあるそうでございます！」

金蓮宮の厨房で、柿のプリンを作っているときに、鈴悠《りんゆう》が勢い込んで口を開いた。自分たちがずっと気を揉んでいたというのに、当の深雪がのんきに構えていたから、内心気が気ではなかったのだろう。それがようやく相談を持ちかけたのだから、張り切るのも無理はないというところか。

「へえ、そうなの？　あ、蒸し器はいらない。牛乳のカルシウムと柿のペクチンでけっこう固まるから」

「かるしむ……でございますか？　牛の乳にそのようなものが？」

「うん、それはどうでもいいんだけど、その姿勢って？」

要は精液を長く体内にとどめるための体勢のようだが、そもそも排卵がなければ、いくら精子を迎え入れようと妊娠に至らないのは、保健体育の知識として知っている。

排卵期に実行すれば、気休め程度に確率は上がるってことかな……。

その前に、排卵期はいつなのだろう。体温を測るとわかるらしいけれど、宵《よい》っ張《ぱ》りオタクには、決まった時間に目覚めて測温するということ自体が至難の業だった。必要性も感じなかったし。

この世界に体温計は存在しない上に、深雪はおそらく生理不順というやつなのだ。同じ間隔で生理が来ることはあまりない。

でも、排卵期にエッチしてないってことは、絶対ないはずなんだよなー。

となると、排卵そのものが行われていない可能性もあって、つまり不妊症ということになるのだろうか。あるいは、廉威に問題が？

「……なにをしてる？」

その夜、事後に深雪は鈴悠にレクチャーされた体勢を実行してみた。鈴悠自身も聞きかじりだし、本人は未婚なので、当てにならないと言ってしまえばそれまでだが、今の深雪は藁《わら》をも掴みたい状況で、試さずにいられない。

これまで廉威は深雪の妊娠を急かすような言動はしていないし、逆にふたりの時間を楽しみたいとも聞いたけれど、婚前に跡継ぎが必要だとははっきり言われている。本音は妊娠を待ち望んでいるとしても不思議はない。

しかしさすがに妙な格好をしている自覚はあるので、廉威に真顔で問われるとキツイ。

「どうぞお気になさらず」

「そう言われると、むしろ気になるのだが――」

仰向《あおむ》けで膝を抱えた深雪に、廉威は覆い被さってきた。

「まだ足りない、ということだな？」

「は？　どうしてそういう――」

話になるのだと言いかけたが、深雪は口を噤《つぐ》んだ。

……まあ、数撃てば当たるって言うしね。

悩んでいる人の気も知らないで、と思わなくもないけれど、廉威のポジティブシンキングは嫌いではない。というか、廉威のすべてが好きなのだ。

幸いなことに深雪も余力があるので、廉威の首に腕を回しながら唇を寄せた。

跡継ぎ問題を除けば、日々は楽しく順調に過ぎていく。

廉威が賛成したので、数日に一度は銀龍宮で過ごすようにもなった。寧朱行がいると、廉威はどことなく子どもっぽい振る舞いが出て、深雪は密かにそれを観察して楽しんでいる。廉威だってまだ若者の範疇《はんちゅう》だから、少しでも甘えられる相手がいたほうが、きっといい。

火炎草のエサについての報告も、ちらほらと上がってきている。

宮城では自家製蜂蜜を収穫しているのだが、養蜂場に熊針《くまばり》という名の毒を持った大型の蜂が襲来し、火炎草のエキスを目の細かいじょうろで散布してから退治に取りかかったところ、運悪く刺された被害者が毒にあてられずに済んだという。

また、美味ながら猛毒を持つ、さながらフグのような魚がいるのだが、数日エサを与えてから動物に食べさせてみると、ピンピンしていた。その後、人間も試してみたそうで、「大変に美味であった」という回答だったので、深雪もねだって食卓に上げてもらった。

「白身でふっくらして美味しいですね！　釣果《ちょうか》もいいそうですから、食べないのはもったいないです」

「たしかに。一定期間エサを与えたもののみ出回るようにすれば、禁を解いてもいい」

廉威も同意した後で、深雪に微笑みかけた。

「深雪の手腕によって、菱が変わりつつあるな。喜ばしいことだ」

廉威に褒められると、なによりも嬉しい。

そんな中で、今月も受胎できなかった証《あかし》が訪れ、上り調子だった気分が下降線を描く。

「あまりお気に病まれないほうがよろしいかと存じます」

深雪が明らかに落ち込んで見えたのか、鈴悠が遠慮がちに慰めてくれた。女官や侍女も同じように期待しているはずで、そんな彼女たちに逆に気をつかわせてしまうのも申しわけない。

「そうね。心安らかにするのも、大事なことかもしれない」

そう返したものの、打開策もなくて途方に暮れる。

深雪が妊娠しなくても、廉威の跡継ぎを諦《あきら》めるわけにはいかないのだから、いざとなったら後宮再開だろうか。

でも、それは……。

ものすごいわがままを言うようだけれど、深雪が嫌なのだ。廉威を誰にも渡したくない。たとえこのまま后の座に残って、廉威と変わらぬ暮らしを続けられたとしても、彼が他の女性との間に子どもを作るなんて想像もしたくない。

まさか自分がこんなふうに考える日が来るなんて、元の世界にいたころは思いもよらなかった。悩みもあるけれど、廉威と愛し合えてよかった。

「お茶をお召し上がりください。杏子《あんず》を混ぜ込んだ饅頭《まんじゅう》が蒸し上がりましてございます」

深雪が果物をピューレ状にしてスイーツを作るようになったからか、厨房でもそれを真似てさまざまなアレンジをするようになった。杏子の饅頭はなかなかのヒットだ。

深雪が軽食を楽しんでいると、慌ただしい足音が近づいてきて、女官が姿を現した。

「い、急ぎご報告いたします！　元妃の玉愁《ぎょくしゅう》さまが……現在、光晨殿に……」

元妃と聞いて、深雪は驚き、腰を浮かせた。

どういうこと？　まさか後宮を再開するの？　でも、廉威はなにも……。

深雪に事前の相談もなしに、行動したとは考えたくない。しかし、すでに後宮内に妃が来ているという。

「……どういうことでございましょうか？　他のお妃さま方も……？」

鈴悠も同じ想像をしたのだろう、震え声で女官に訊ねる。

「いいえ、いらっしゃったのは玉愁さまだけです。そして主上がお呼びしたのではなく、玉愁さまのほうから突然のご登城でございます」

女官は慌てふためいて飛び込んできたものの、報告を続けていいのかどうか迷っているような表情だ。ふだんは落ち着き払っていて、頼りになる女官の、こんな様子は初めて目にする。

後宮を閉じる際、廉威は五人の妃たちに、それぞれが納得するだけの報償を与えて帰した。最終的には皆喜んで国許に戻ったという。それが今さら、なにか不服を申し立ててきたのだろうか。

玉愁は洞州《どうしゅう》の官吏が、その美貌を見込んで養女に取り、昇殿させた妃だと聞いている。洞州は王都からもっとも遠いのに、そこからはるばる出向くほどの理由はなんなのだろう。

「玉愁さまは……ご懐妊なさっていらっしゃいます……」

深雪は力が抜けて、椅子に腰を落とした。音を聞いて、鈴悠が走り寄る。

「お后さま、お気をたしかに！　それは、まことなのでしょうか……？　つまり――」

鈴悠の問いに、女官は眉を寄せた。

「主上の御子かという詮議はすでに終わっているからこそ、光晨殿にいらっしゃるのでしょう。日数的な相違もないとの話でございます」

最初のショックが過ぎて、深雪は呆然としていた。

深雪と結婚するまで、廉威は五人の妃のもとに通っていた。臣下に背中を押されるような訪《おとな》いだったようだが、それでも務めを果たしていたなら、結果が出てもなんの不思議もない。

毎晩のように睦《むつ》み合っている深雪との間にはいまだに恵まれないものを、計算すれば月一程度の交渉で子を宿したというのは、不公平に思えるけれど、それも運というものなのだろう。子どもはまさに授かりものだ。

今になって玉愁が訴《うった》えてきたということは、宮城を去った当時は妊娠に気づいていなかったということか。廉威もそうとは知らずに後宮を閉鎖し、その後に深雪と結婚したのだから、誰が悪いわけでもない。ましてや生まれてくる子どもに罪はない。

それに……廉威だって跡継ぎを望んでるはずだもの。私がこんなふうなままじゃ、そのうち誰かが代わりに……。

それが少し早まっただけだと思うほかないのかもしれない。ことは国の存続問題で、深雪の個人的な感情を主張するなんて許されない話なのだ。己の責務も果たせていない深雪に。

それでも、つらい気持ちは消えない。

いくつかの利用できるものを作り出して、廉威からは菱を変えたとまで言ってもらったけれど、肝心の廉威の希望は叶えられないままだ。妊娠できずにいるのを悩んでいたところに玉愁懐妊の報を受け、正直なところ打ちのめされた。

どうして私にはできないんだろう……。

元からそういう質だったのだろうか。篠沢深雪《しのさわみゆき》だったときも生理不順だったけれど、まるでべつの人間に、それも別世界に生まれ変わったというのに、引きずるものなのだろうか。

そこまで考えて、深雪ははっとした。

生まれ変わり……本当に……？

前の世界で交通事故に遭《あ》い、それ以後の記憶がまったくなかったから、そこで篠沢深雪の人生は終了したのだと思っていた。

代わりに突然、莞《げん》の公主としての人生が始まっていて、でもこの世界の歴史や文化の知識は持っていた。深雪《しんせつ》のそれまでの人生の記憶も残っていた。だから人格は篠沢深雪でも、なにかの拍子に前世の意識が蘇《よみがえ》ったのだろうと思っていたが――。

そうじゃなかったとしたら……。

今になって確信が揺らいで、深雪の胸はすうっと冷えた。両手で自分を抱くように身体を丸めた深雪に、鈴悠や女官が驚いて声をかけてくるが、その言葉も聞き取れないほど思考に呑まれる。

やっぱり……生死の境をさまよっていた私の意識が、時空を超えて公主の身体に入り込んでしまった、の……？

この世界で目覚めた当初は、公主の人格がないことに戸惑《とまど》い、自分が追い出してしまったのではないかと考えた。それなら遠からず深雪の意識は公主から離れて、公主は自我を取り戻すだろう、と。

ところが月日が過ぎても状況は変わらず、だからこれは生まれ変わった人生なのだと、いつしか納得してしまった。

しかしやはりそうではなく、この世界の公主の身体を異世界の深雪の意識が乗っ取る形だから、なにかの反発が起きていると考えられはしないだろうか。純粋なこの世界の住人ではないから、廉威との間に子どもができない――？

……ううん、それだけじゃない。突然この状態で目覚めたみたいに、また急に私の意識がこの身体から抜け出すことだって――。

深雪の意識がこの世界にとって異分子なら、最終的に弾き出されることも大いにあり得る。戻って篠沢深雪としての人生が再開するのか、それともすでに死んでしまっているのかは不明だけれど。

しかしそれよりも深雪の心を占めたのは、廉威と別れなければならないかもしれないということだった。初めて恋心を抱いた相手で、廉威からも同じ気持ちを返され、一生を添い遂げると決めたのに。

……嫌だ、そんなの……廉威と離れたら、生きてる意味なんてない……。

自分には無縁だと思っていた情熱的な感情が、ごく自然に胸に湧いた。そのくらい廉威が愛《いと》しくてしかたがないのに、深雪にはどうすることもできない。

怖い……。

今の幸せが消えてしまうかもしれないことが、なによりも恐ろしかった。


その夜、ずいぶんと遅くなってから、廉威は金蓮宮を訪れた。

「もう話は広まっているようだな。女官たちの視線の冷たいことよ」

廉威は悪びれた様子もなく椅子に座り、深雪に笑いかけた。

深雪は背後に控える鈴悠の気配がぴりぴりするのを感じて、片手を上げる。

「お茶の支度を。夕餉《ゆうげ》はお済みですか？」

「ああ、翠葛宮《すいかつきゅう》で。玉愁だが、出産まで翠葛宮に留まることになった」

「……そうですか。たしか以前は香杏宮《こうきょうきゅう》にお住まいだったのでは？」

後宮の奥の仕切られた区画にある妃たちの館は、門から近い順＝妃の身分だったという。翠葛宮は筆頭だ。香杏宮は逆に門からいちばん遠い。

「ああ――」

廉威は含み笑った。

「慣れた宮のほうがいいのではないかと思ったのだが、門に近いほうが安心だと、本人のたっての希望でな。まあ、どこも空《あ》いているから好きにさせた」

わがままも笑って聞いている、ということだろうか。自分の子を孕《はら》んでいると思うと大切にしたくなるのだろうか、それによって玉愁自身のことも憎からず思い始めた――？　捻《ひね》くれた疑心暗鬼に、深雪は自己嫌悪に陥《おちい》る。

嫌だな、私……玉愁に嫉妬してる……喜ぶべきことじゃない、廉威の子どもができたんだから。私にはきっとできないことを、してくれたんだから――。

ふいに廉威に手を握られて、深雪は顔を上げた。

「なにも気にすることはない。俺が愛しく思っているのはおまえだけだ。決して悪いようにはしない」

悪いようにはしない――廉威がそう言ったときには、いつも最終的にそのとおりになった。今回もそうなるのだろうか。こんなにドロドロした気持ちを抱えていても、笑って喜べるようになるのだろうか。

「あまりにもあからさまではございませんか？」

鈴悠は憤懣《ふんまん》やるかたなしといった様子でそう洩《も》らしながら、夕餉の卓を整えていく。

玉愁が翠葛宮の主となって、十日ほどが過ぎていた。その間、廉威は翠葛宮にほぼ日参している。食事を済ませてから金蓮宮にやってくることも多かった。そんな調子なので、ともに銀龍宮へ行くこともない。

「そんなふうに言うものではないわ。まだ住まいが整っていないだろうし、身重では不自由だったり心細かったりすることもあるでしょ。主上はお気づかいされているのよ」

もちろん深雪だって諸手を挙げて送り出したいわけではないけれど、廉威の気持ちもわからなくはない。

玉愁は妊娠中なので、閨《ねや》の相手をすることはないのが幸いだ。さすがにそこまでされたら、深雪も心穏やかでいられない。廉威もまた、その気がまったくなさそうなことに、胸を撫《な》で下ろす。

寝所での廉威は自分だけのものだと思うと、無意識に求めも強くなるようで、廉威はまんざらでもなさそうに、要求以上に応えてくれる。愛しているのは自分だけだという言葉を信じられて幸せを感じる一方で、解決できない別れの不安が絶えずつきまとう。それがなおさら廉威への執着《しゅうちゃく》を強くする。

自分の気持ちにくたくたになる……。

それなのに、ひとり分が並んだ夕餉を半分も食べられなくて、鈴悠を心配させてしまった。

「なにか他にお作りいたしましょうか？　あ、干し芋はいかがですか？　先ほどお毒見をした者が、たいそう美味だと驚いておりましたよ。お后さまがご指導くださったのですから、ぜひお召し上がりくださいませ」

厨房に大量に運び込まれた甘藷《かんしょ》を蒸し、見よう見まねで切って天日干しして、干し芋を作ってみたのだ。思い出すと楽しみではあったし、なにより鈴悠たちに心配をかけてしまうと、深雪は微笑んで頷いた。

「そうね、皆で試食してみましょう」

ほっとしたように駆け出していく鈴悠を見送って、深雪は反省する。

女官や侍女は、廉威の意識が身ごもった玉愁に向いていることや、それに引き換え妊娠の兆候がないことを、深雪が思い悩んでいると思っているようだ。

まったく気にしていないと言ったら嘘になるけれど、深雪の妊娠がむずかしいのなら、玉愁が御子を産んでくれるのは悪いことではないと思うようにしている。少なくとも菱にとって慶事なのは間違いない。

このまま跡継ぎが誕生せず、後宮の再開にも廉威が同意しなかったら、と想像すると、最悪の事態は避けられたと考えられる。深雪は無意識下でほっとしてもいるのかもしれない。

そんなふうに思えるようになったのは、廉威の愛情を信じられるからに他ならない。愛は自分に向けられている――それがなによりも嬉しくて、嫉妬に蝕《むしば》まれそうになった深雪の心を落ち着かせてくれた。

しかし、すべてが片づいたわけではない。

自分が生まれ変わってこの世界に誕生したのではなく、なにかの弾みで転がり込んだ異端であり、いずれまたふいに元の世界に戻ってしまうかもしれないという懸念が、どんなに消そうとしても頭から離れない。

かといってそれが事実なのかどうかを調べるすべもなく、知ったところで打開策もなく、ただ起こるかもしれない未来に不安を抱えて日々を過ごすしかない。

なにがつらいと言って、廉威と別れてしまうかもしれないことだ。そうなったら、おそらく二度と会えないだろう。廉威の愛情を感じられるほど、悲しみが強く押し寄せる。

私……なにも残せないのかな……？

菱が変わったと言ってくれるほど、少しは国や民の役に立つものが作り出せはしたが、それだって当初の意気込みからしたら全然足りない。比べてもしかたがないことだけれど、『銀龍金蓮』の深雪《しんせつ》のほうがずっと活躍していた。

それに、廉威に対してはどうだろう。自分は彼の愛情に応えるだけのなにをできたのだろうか。子どもはもう諦めたようなものだけれど、なにかを廉威に残したい。

つまるところ、私は廉威に忘れられたくないんだ……。

たとえ自分がこの世界から消えても、記憶には残っていたいなんて、驚くべき執着だ。ある意味エゴでもある。

それでも、愛しているから忘れないでほしい――。

8

その日、廉威《れんせい》は臣下を連れて旅立った。

馬で二昼夜ほどの景州《けいしゅう》に、建国前から存在する古い神殿がある。地元の者ならずとも、菱《りょう》の民なら一生に一度は参るほど信仰を集めていて、廉威もまた子どもの無事の誕生を願い、参詣に向かったのだ。

少しでも廉威との時間を作りたいといつも思っているし、廉威が不在の間に自分が消えるかもしれないという恐れを抱いている深雪《みゆき》としては、同行したい気持ちだったが、

「できるだけ時間をかけたくないから、道中はかなり馬を急がせることになる。今回は留守番をしてくれ。そのうちゆっくり出かけよう」

そう言われてしまっては、引き下がるしかなかった。

「代わりに市黎《しらい》を金蓮宮《きんれんきゅう》に控えさせる。なんでもわがままを言うといい」

思いもよらない提案に、深雪は寂《さび》しさも忘れて目を瞠《みは》った。

「は？　男子禁制の金蓮宮にですか？　それはさすがに――」

市黎だって、身の置きどころがなくて困るのではないだろうか。

「俺が許す。そもそも奴を置いていくのは、深雪《しんせつ》の護衛のためだ。なに、警備官がひとり増えたと思えばいい。なんなら女装させてもかまわぬぞ」

これ以上言い返したところで、王である廉威の意を曲げることなどできないので、深雪は頷《うなず》いておいた。

それに、勝手に決めてるようだけど、私を気にかけてくれてるんだもんね。

後宮の門で廉威を見送ると、入れ替わりに市黎が遠慮がちにやってきた。

「久しぶりね。とんだお役目でごめんなさい」

「とんでもないことでございます。身命を賭《と》してお仕えする所存――」

「そんな畏《かしこ》まらなくていいのよ。後宮は城内でいちばん安全な場所だもの。ああ、そうでもないかしら？　若い男性が来たから、女官や侍女が注目してるわ」

若い侍女たちの間では、密かに人気者だと聞く。

「お揶揄《からか》いになっては困ります……目障りになっては興覚めでしょうから、私は離れた場所で警護しておりますので」

一礼して去ろうとする市黎を、深雪は呼び止めた。

「あ、ちょっと待って。男手があるならちょうどいいわ。市黎、舟は漕《こ》げる？」

「は、はあ……」

深雪は鈴悠《りんゆう》と市黎を連れて銀龍宮《ぎんりゅうきゅう》へ向かい、寧朱行《ねいしゅぎょう》を誘って舟遊びをした。

「わ、私のような者がお后《きさき》さまとご一緒になど……」

予想どおりに遠慮する朱行に、深雪は道中考えていた言葉を返した。

「だいじょうぶ。いざとなったら朱行も漕ぎ手ということにしますから」

池は紅葉が水面に映って、夏とは違った趣《おもむき》だった。

「主上《しゅじょう》とお后さまが舟遊びをなさるお姿をお見かけいたしましたが……思いの外《ほか》に緊張するものでございますな……」

「えっ、心配しなくてもだいじょうぶですって。鈴悠、あれを――」

視線を移すと、鈴悠は緊張どころか、目をキラキラさせて水面を覗き込んでいる。あまりにも舟縁に寄るものだから、心なしか傾いているようだ。

「鈴悠」

「え……？　あ、はい！　ただいま」

鈴悠が慌てて身を起こしたので舟が揺れ、朱行が奇妙な声を洩《も》らす。

「これ！　今、金蓮宮で大人気のお菓子よ。ぜひ朱行にも味見してほしくて」

鈴悠が開いた包みには、干し芋が並んでいた。朱行は一礼して手に取ると、しげしげと見つめる。

「これは……甘藷《かんしょ》でございますかな？」

「当たり。蒸してから薄切りにして乾燥させたの。お茶請けにもいいし、腹持ちもいいのよ」

「おお、これは……甘みが増してございます」

「味付けはしてませんよ」

深雪は得意げに胸を反らして見せた。

「素朴でいいでしょ。食べすぎに注意だけど。鈴悠、市黎にもあげて」

「いえ、私は櫂《かい》を預かる身なれば……」

「皆で食べるから、もっと美味しいんじゃない」

鈴悠から畏まって干し芋を受け取った市黎は、口に運んで驚いたように「旨い……」と呟《つぶや》いた。

「あ――」

鈴悠の声に目を向けると、長い塀が目に映った。後宮の妃たちが住まっていた場所だ。今は玉愁《ぎょくしゅう》が滞在している。その門の前に、数人の女人の姿があった。ひときわあでやかな襦裙《じゅくん》をまとっているのは、もしかして――。

「玉愁さま……でございます……」

鈴悠の声が心なしか険しくなった。

「あの人が……」

侍女を引き連れて、向こうもこちらを見ているようだ。襦裙の上から袖のある上着を羽織っているので、腹が大きくなっているのは見て取れない。それよりも、華やかな容貌が目に留《と》まる。

超絶美女！　女優みたい……。

少々アクの強さを感じなくもないが、だからこそ美貌が引き立つともいえる。

玉愁が翠葛宮《すいかつきゅう》に入ってすぐ、深雪は挨拶《あいさつ》の文を届けたのだが、返事はなかった。まだ落ち着いていないのだろうと気に留めなかったが、そういえばそれきりだ。だから顔を合わせるのも、もちろんこれが初めてとなる。

「そういえば……門は閉じていないのね」

妃《きさき》が住んでいた時代は、それこそ王以外は立ち入り禁止の場所として、また妃たちにも外出無用と門を閉じて、門番の検《あらた》めがあったはずだ。

深雪の呟きに、鈴悠が頷く。

「噂《うわさ》ですと、玉愁さまが主上にお願いされたようでございます。もう妃ではありませんから、という理由のようですが、妃でいらっしゃったからこそのご懐妊でしょうに……」

深雪の侍女である鈴悠としては、とにかく玉愁を快く思えないようだ。しかし朱行や市黎がいる前での、玉愁に対する好意的と言えない発言は、回り回って鈴悠自身のためにもならない。

「まあまあ。門の内に閉じこもっていても、気づまりになってよくないから、ちょうどいいんじゃない？」

「でも、今まで外でお姿を拝見したことなどございませんけれど……」

止まらない鈴悠の言葉に深雪は苦笑して、玉愁に向かって手を振った。

確実に認識されたと思うのだが、玉愁はついと顔を背《そむ》けると、侍女たちになにか話しかけながら門のほうへ帰っていった。

あーららら……。

「なんですか！　あの態度！」

鈴悠は本気で怒ってしまって、干し芋に齧《かじ》りついている。

「侍女殿、そのように食しては喉に詰まって――」

市黎の心配が当たって、鈴悠は呻《うめ》きながら胸を叩いた。幸いすぐに干し芋は胃まで運ばれていったようだが、はしたないところを市黎に見せてしまったと、鈴悠は肩を落としている。

「どれ、戻りましたら老輩が茶を淹《い》れてしんぜよう。宮殿内にお招きはできませぬが、庭先なら問題ございませんでしょう」

朱行の提案に、深雪も明るく振る舞って賛成した。

「あら、すてき！　お庭もきっと紅葉がきれいよ」


翌日、廉威が連れていった木霊鳥《こだまどり》が窓辺に飛んできた。

『これから宿を発つところだ。今夜遅くに景州に着くだろう。そちらは変わりないか？　できるだけ早く戻るつもりでいる』

廉威の声を聞くだけで、心が浮き立った。木霊鳥を調教できたのは、なによりの成果だったと自分を褒めたい。

深雪はさっそく返事を送った。決して急ぎすぎて危ないことのないように、それでも首を長くして待っていると伝えた。

そうだ。木霊鳥をもう少し調教しよう。昨日も庭園で見かけたから、探せば見つかるよね。

深雪は鈴悠を供に金蓮宮を出ると、後宮の庭を歩き回った。池から見えたということは、その近くにいることが多いのだろうかと踏んで、途中から池のほとりに沿って歩く。

鮮やかな赤や黄色に染まった木々を見上げて、目を凝《こ》らした。

「緑色の鳥だから目立つと思ってたのに、意外とわからないものね……」

「私、なんだかくらくらしてまいりました……」

ずっと上を見ていたからだろう、鳥かごを手にした鈴悠は、酔っぱらいのような千鳥足になっている。

「あ、休んで。具合が悪くなったら元も子もないから。私はもう少し探してみる」

しかし木洩《こも》れ日が眩《まぶ》しくて、はっきりと像が結べない。さすがにこのままでは無理だと、足を止めようとしたとき、横から強い力で押された。

「えっ？　あっ……！」

完全に油断していたので、深雪はそのまま岸辺に倒れ込んだ。池を縁取るように群生する半夏生に顔が埋まり、独特の香りに息を詰める。かろうじて池ポチャは免《まぬか》れたけれど、片手は水中に浸《つか》った。秋の池の水は、震《ふる》え上がるほど冷たい。

「お后さまっ！」

鈴悠の悲鳴が響き、慌てた足音が近づいてくる。それを待たずに上体を起こした深雪は、背後からいくつもの嗤《わら》い声を聞いた。

「まあ、大変！　大事ございませんか、お后さま」

「申しわけございません。玉愁さまのお足元が危のうございましたので、お助けしようとしたら袖が当たってしまったようで」

駆けつけた鈴悠は深雪を支えながら起こし、声の主をキッと睨《にら》んだ。そこにいたのは玉愁と侍女たちだ。

「袖が当たったですって？　そうは見えませんでした！　なんというご無礼を……池に落ちたらどうなさるおつもりだったのですか⁉」

あー、なるほど。侍女に押されたわけね……。

深雪は他人事のように納得し、水を吸って重たい袖を絞った。

激高《げっこう》する鈴悠に対し、玉愁の侍女はしれっと言い返す。

「覚えておりませんわ。玉愁さまが池に落ちては一大事と、私も必死でしたから。あなたも侍女なら、もっとお后さまのお近くに控えているべきではなくて？　お后さまがお倒れになった責任は、あなたにもあるでしょう」

そう指摘されて、鈴悠は唇を噛み締めた。

「いずれにしましても、転倒なさったのが玉愁さまでなくて幸いでしたわ。なにしろ主上の御子を授かっている大切なお身体ですもの」

「玉愁さま、風が強くなってまいりました。お戻りに――」

ころころという笑い声を風に乗せて、玉愁一行は遠ざかっていった。鈴悠はまだその後姿を凝視している。

「私たちも戻りましょうか。今日は木霊鳥に会えそうにないわ」

言葉をかけると、鈴悠ははっとしたように振り返って、深雪の前に跪《ひざまず》いた。

「申しわけございません！　私が目を離したばかりに――」

「やだ、立って鈴悠。あなたはなにも悪くないのよ」

「お后さま、おけがはございませんか？」

どこからともなく姿を現した市黎が、深雪の傍《かたわ》らに立つ。女装はしていないが、遠目には警備官とそう変わらない格好だ。

「ああ、市黎。いてくれたの。このとおり、ちょっと袖が濡れただけ」

「申しわけございません。私が後宮内で護衛についていることは、玉愁さまはご存知ないので、すぐに参上できず――」

「主上のお言いつけでしょう。わかってるわ。この調子だと、市黎が近くにいると知ったら、あることないこと言われそうだものね」

深雪との仲を捏造《ねつぞう》するくらいならまだしも、向こうの侍女が市黎に襲われたなどと言い出したら、庇《かば》いきれなくなる。

「しかし、あのような暴挙に出るとは……」

「そうですよ！　一歩間違ったら、お后さまの御身が危険でした。お寒くございませんか？　すぐに湯浴みの支度をいたしますから――」

三人で並んで歩きながら、深雪は口を開いた。

「この件だけれど、ひとまず内密にね」

「えっ……」

不満げな鈴悠を、首を振って諌《いさ》める。

「事を荒立てても、皆が不愉快な思いをするだけよ。玉愁が身重なのは事実だし、主上だって対処にお困りになるわ」

深雪の説得に、鈴悠は不承不承頷き、市黎は真剣な目を向けた。

「くれぐれもご用心なされますよう。私もこれまで以上におそばに控えておりますが、いざというときには潜伏の命に背く所存、お含みおきください」

はっきり言って玉愁の仕業には、心身ともにあまりダメージを受けていない深雪だった。現代日本のいじめと比べたら、拙《つたな》い嫌がらせだろう。

そんなことをしてくる輩《やから》がいる一方、鈴悠や市黎のように全面的に味方になってくれる者もいる。その嬉しさのほうがずっと大きい。

「……大げさね。そんなことにはならないわよ」

ちょっと感動してしまって、それをごまかすのに軽くいなしたが、鈴悠は眉間《みけん》にしわを寄せてかぶりを振った。

「お后さまは寛容に過ぎます。過去には後宮内で暗殺騒ぎが起きたこともありますし、それも一度や二度ではございません」

「えっ、マジ――じゃなくて、本当に？」

「主上のご寵愛《ちょうあい》を得るために、なりふりかまわぬ行動を起こしたという話題は、建国当初からございます」

帰り道、嘘か本当かわからない逸話を鈴悠に聞かされた深雪だが、古代中国の有名な話のようだったり、はたまたおとぎ話のようだったりと、いずれもどこかで聞いたようなエピソードばかりだったので、あまり恐怖は感じなかった。なんなら過去にプレイした残酷ホラーのゲームのほうがよほど怖く、教えてみたくてうずうずしたくらいだ。

「まあ、お后さま！　いかがなされたのでございますか!?　さあ、まずは湯殿へ――」

迎え出た侍女に手を引かれながら、深雪は鈴悠と市黎に目配せをして、秘密だと念を押した。

しかしその日の夕刻、驚いたことに玉愁からの使いが金蓮宮を訪《おとず》れた。

「お后さまには、池のそばではしゃいで転倒されたとのこと。謹《つつし》んでお見舞い申し上げます」

そんな口上を残してとんぼ返りした女官を見送り、鈴悠は昼間の憤りを再発させた。

「はしゃいでいたですって！　はしたなくも突進してきたのは、あちらのほうですのに」

「まあまあ。向こうも悪いと思ったんじゃない？　こうして届け物をしてくれるなんて、嬉しいことでしょ。なにかしら？　立派な入れ物ねえ」

卓に載せられた四角い箱は、螺鈿《らでん》が施された豪奢《ごうしゃ》な塗りものだ。

「ねえ、こういう箱ってお返しするの？　なにか入れて返すのかしら？　干し芋でいい？」

なんだかご近所づきあいのようだと思いながら、深雪は錦《にしき》の紐を解いた。

「甘いものだと申しておりましたけれど——あ、お后さま！　念のために衛尉丞《えいいじょう》をお呼びになったほうが——」

「もう開けちゃったわよ。わ……干し無花果《いちじく》の砂糖漬け——」

箱の大きさに比して無花果は数個と少なかったが、その隙間を埋めるように赤と黒のまだら模様が蠢《うごめ》いていた。

「……と、蛇……」

「えええっ⁉」

指先から肘《ひじ》くらいの長さの蛇は、おもむろに鎌首をもたげて、二股の舌を震わせた。鈴悠の絶叫が響く。

「誰かー！　衛尉丞！」

「ちょ、鈴悠。そんなに騒いだら蛇が……」

蛇の聴力のほどは知らないけれど、異様な雰囲気を察してか、蛇はにょろにょろと箱から這《は》い出して、卓を滑り落ちた。

「いやあーっ、誰かー！」

「いかがなされました、お后さま！」

部屋に飛び込んできた市黎は蛇に気づき、ぎょっとして足を止める。

「お静かに。動かれませんよう」

そう言いながら、懐から小刀を取り出した。蛇に狙いをつけるのを見て、深雪は声を上げる。

「ちょっと待って、市黎。その蛇、赤長《あかなが》よね？」

「はい。毒蛇でございま――」

言葉の途中で、市黎ははっとしたように深雪を見た。

「そう。毒は消えてるんじゃない？」

火炎草の毒消しは、作ったそばから宮城内、近辺へと撒《ま》き広げられていき、現在は王都の市中のみならず、森林や草原や水辺も網羅したという。しかも一度食せば効果が見込めるという報告もあり、毒にあたる被害者は目に見えて減っていた。

「しかし、万が一ということもございます。速やかに駆逐すべきかと」

改めて小刀を振りかぶる市黎に、深雪はかぶりを振った。

「私が毒消しを利用してほしいのは、民の安全を守るためだけじゃないの。生き物がむやみに処分されるのを避けたいのもあるのよ。殺したところで、こんな小さな蛇じゃ皮を利用するのもむずかしいし、食用にも向かないでしょう？　それなら生かしておいて、他の動物の糧になったほうがいいわ」

それでも市黎は蛇を見据《みす》えていたが、やがて諦《あきら》めたようにため息をついた。

「仰《おお》せのままに。これから生け捕りにいたしますので、お后さま方はお静かに部屋からご退出なさってください」

「あら、万が一市黎が毒にあたったら、助ける手が必要でしょ。まあ、そんなへまはしないでしょうけど、ここにいるわ」

蛇が少しずつ移動するのを見て、これ以上言い合いをしていてもらちが明かないと判断したのか、市黎は蛇に近づき、その頭を素早く指でつまんだ。

「すっ、……素手で……」

鈴悠はぞっとしたように、両手で自分の腕をさすっている。

元どおり箱にしまわれた蛇は、すぐに市黎の手で運び出されていった。

「ああ、よかった……さあ、お部屋を掃除させていただきますよ！　床も念入りに拭《ふ》かなくては――」

ようやく人心地がついたのか、鈴悠はいつもの溌溂《はつらつ》とした様子で部屋を清め始めた。

市黎が入室前に人の出入りを止めていたので、廊下で気を揉みながら成り行きを見守っていた女官や侍女たちも、一緒になって動き回っている。

あー……っていうことは、ここにいる皆には事情を知られちゃったか。翠葛宮と険悪にならないといいけど。せめて口止めはしておくべきよね。

蛇の襲撃よりも、事後処理のほうがよほど深雪を悩ませる。なんのかんのとこれまで皆と仲よくやってきただけに、その輪が歪《ゆが》んでしまったようで残念だ。

「お后さま、尚書令《しょうしょれい》が至急の面会をお申し入れでございます。光晨殿《こうしんでん》までお運び願いたいと」

女官の報告に、深雪はさらに頭が痛くなった。

市黎、見つかったわね……。

市黎には、念のためにエサを与えてから蛇を放つように申しつけたのだが、上手くいかなかったのだろう。

深雪は片手を振ってそれに答えた。

「光晨殿までいらっしゃるなら、ここまで足を伸ばしてくださるよう、尚書令に伝えて」

「は、しかし――」

勅命《ちょくめい》を受けている市黎ならまだしも、活子規《かつしき》まで后の宮に招き入れては、後宮の律が成り立たないと、厳格な女官は思案しているのだろう。

「謁見の間ならいいでしょう？　きっと衛尉丞も同行しているはずよ」

金蓮宮内に一応謁見の間はあるのだが、これまでに利用したことはない。そもそも廉威以外が訪れることもない宮殿だから、不要のスペースだった。

過去には、后と親しく交流した妃などが訪れて茶会を催すこともあり、室内はサロン風で華やかだ。

そういえば……昼間の鈴悠の話の中に、お茶会中の暗殺事件なんてのもあったっけ……あれは妃同士だったけど、まさか過去にここでも……？

そんなふうに思うと、繊細な透かし彫りが施された白檀《びゃくだん》の衝立に点在する木目まで、血飛沫《ちしぶき》かなにかに見えてくる。

己の野望を果たすため、ライバルの命を奪う――ありがちっていうか、いかにもだけど……

それって一番有効な手段なの？　他に方法がありそうに思うんだけど。

そんなふうに思ってしまう深雪だから、玉愁の企《たくら》みは理解しがたい。深雪を排して得られるなにがあるというのだろう。后の地位か。しかしこの世界では、王の正妃はほぼ王族に限られている。こう言ってはなんだけれど、地方の官吏の養女には、逆立ちしても手が届かない。外交や国政の目的を多く含む結びつきだから、それは当然だ。

……けど、私が死んだ後ならそうでもないのかな？　玉愁が男の子を産んだら、未来の国母なわけだし……。

あいにく庶民の感覚しか持ち合わせていない深雪は、后という立場そのものをいいと思ったことはないけれど、玉愁を含め一部の女子には垂涎《すいぜん》の的なのかもしれない。

まあある意味、三食昼寝付きで贅沢三昧《ざんまい》、経済的な不安もない立場かもね。国家の一大事には、真っ先に命が危なくなりそうだけど。

そこまで考えているのか、それでも魅力ある立場なのか。いずれにしても玉愁は理解しがたいタイプのようだ。

なにより、こんな見え見えの手段に出てくるというのが理解不能だ。真っ向から切りつけてくるのと同じくらい、犯人が明らかではないか。

とすると、命を奪う気はなくて、単なる嫌がらせなの……？　それはそれで顔同様に派手な人だなあ。

そんなことをつらつらと思いながら謁見の間に行くと、尚書令の活子規と、その後ろにやはり市黎が待っていた。

「お待たせしました。鈴悠、お茶を――」

「いいえ、けっこうでございます。それよりもお人払いを」

いつになく子規の表情が硬い。深雪は頷いて、鈴悠を遠ざけた。

「夜も遅いし、前置きはなしにしましょう。主上がご不在でも朝議はあるのでしょう？」

「お心づかい恐れ入ります。では、さっそく――」

子規は深雪の向かいに座ると、身を乗り出して声を潜《ひそ》めた。

「翠葛宮からの届け物に、赤長が混入していたと伺いました。お間違いございませんか？」

「私が答えるまでもないのでしょう？　衛尉丞から聞き出し済みなのですよね？」

深雪の言葉に、子規はほんの少し苦笑した。

「いかにも。加えてご報告申し上げるなら、赤長から毒は検出されませんでした。ということは、王都内で捕獲された個体と考えられます。もとより赤長は、王都近辺に生息地が限られているのですが、その毒性によって国内でも有名な蛇です。犯人は、王都内の毒性動物が毒を消されつつあることを知らず、毒性を頼りに届け物に潜ませた――と考えるのが定石《じょうせき》かと」

子規の目が鋭《するど》く光るのを、深雪は気づかないふりで花台の椿《つばき》を眺めた。

「可能性の話ですね。蛇に毒がなかったなら、気づかないうちに入り込んだとも考えられるでしょう」

「それもまた可能性の話でございます。しかも、かなり確率が低い」

さすがに尚書令を務める廉威の右腕には太刀打ちできないと、深雪は子規に向き直った。

「子規、私は騒ぎを起こしたくないのよ。結果としてなにもなかったんだもの、この件は不問にできない？　もちろん噂にもならないように——」

「主上にも秘匿《ひとく》なさるおつもりですか？」

むしろそこなのだ。自分の子を身ごもっている玉愁が、深雪に害をなしたと知ったら、きっと廉威を困らせるだろう。王として玉愁を処罰しなければならず、そのせいで腹の子になにかあったりしたら——深雪だってひどく後味が悪いし、廉威の失望はその比ではないはずだ。

そういった意味のことを、できるだけ熱心に伝えたのだが、聞き終えた子規は理解しがたいという顔で眉を寄せた。

「お后さまはもっとも重要な点をお忘れです。主上がなによりも大切になさっているのは、他でもなくお后さまではありませんか」

「えっ……」

深雪は目を瞬いた。

廉威の愛情を疑ったことはない。同じように深雪も彼を愛している。その想いは日々深さを増して、廉威がいない世界なんて考えられないくらいだ。

だから、考え方が歪んでしまったのだろうか。取りつくろって廉威になにも見せず、気づかせないことで、彼の安寧《あんねい》を守ろうとしていた？　自分に危険が及び、最悪の結果を廉威の前に晒すかもしれないのに――。

「おわかりいただけましたか？　なにが主上のおためであるか、我々は第一に考えねばなりません。もちろんのこと、お后さまにも忠誠を尽くす所存。今回の件は、そのいずれをも脅《おびや》かすものです」

次第に子規の声音が柔《やわ》らかくなっていくのを感じながら、深雪は項垂《うなだ》れるように頷いた。

「主上には、お戻り次第ご報告させていただきます」

くれぐれも注意するようにと言い置いて、子規が帰っていった翌日――。

「お后さま、もうお戻りになられたほうがよろしいのでは」

「もう少し。木霊鳥がこっちに飛んでいったのを、鈴悠も見たでしょ」

金蓮宮の窓の外に木霊鳥を見かけ、急ぎ飛び出したものの、鳥は深雪を揶揄うように追いつきそうになると別の木に飛び移り、気づけばずいぶんと奥へ進んでいた。もうすぐ妃たちの宮殿が建つ区画を仕切る白く長い塀が、木々の合間に見えてくるはずだ。

だから深雪に付き添ってきた鈴悠の気が立ってきているのだろう。深雪は鈴悠を宥《なだ》めようと振り返った。

「鈴悠、私だってみすみす危険な真似はもうしないつもりよ。昨日だって尚書令に諭されたし。今こうしているのは、木霊鳥が目当てなだけだから。主上のお帰りまでに、もう一羽調教できたら、きっとお喜びになると思うの」

それを聞いて、鈴悠の眉が徐々に下がっていく。

「……承知いたしました。主上にお尽くしになられるお后さまを、お止めするわけにはまいりません」

そのとき、黄緑色の影が低空飛行で頭上を横切った。思わず身を屈《かが》めた深雪と鈴悠は、はっとして残像を追う。

「あっちに行ったわ！」

「はい！」

裾《くん》を絡げて駆け出し、何度か木霊鳥の姿を枝の間に認めたものの、ついに見失って立ち止まる。

「せめて枝に止まってじっとしていてくれれば、歌を聞かせられるのに」

捕獲せずとも調教が成功すれば、以後は飼い慣らした鳥のように利用できるようになるのだが、そのチャンスが手に入らない。

「しかたがございません。今回は諦めましょう。まあ、こんなところまで来てしまって——あら？」

鈴悠の視線を辿《たど》ると、冬枯れの木々の間にひときわあでやかな色彩があった。女人がふたり——折り重なるようなその姿に目を凝らすと、鈴悠の両手が深雪の腕を掴んだ。

「玉愁さまとその侍女では？」

潜めた声には、深雪を止まらせる色が思いきりにじんでいる。

「そのようだけど……ちょっと様子がおかしくない？」

そんなやり取りの中、侍女の声が響いた。

「玉愁さま！　お気をたしかに！　しっかりお掴まりくださいまし！」

玉愁の身に異変が生じたと察した深雪は、とっさに駆け出した。

「お后さま！　なりません！」

「非常時よ！　そんなこと言っていて、もしものことがあったらどうするの？」

たしかに玉愁は深雪に害をなそうとしているのかもしれない。しかしだからといって、見捨てていいことにはならない。ましてや彼女の身体には、廉威の子が宿っているのだ。きっと誕生を心待ちにしているに違いない廉威を悲しませるようなことは、なんとしても避けなければ。

地面に膝と手をついた玉愁のもとへ駆けつけると、意識が朦朧《もうろう》としているようだ。その身体を支える侍女は半泣きで顔を上げた。

「玉愁さまが、突然苦しまれて……お助けください！」

「もちろんよ！」

深雪も手を差し伸べ、玉愁に呼びかける。

「しっかりして！　私がわかる⁉　鈴悠、薬師を呼んで！」

「私はお后さまのおそばを離れるわけにはまいりません。そちらの侍女にお願いして――」

「いいえ、宮殿に薬がございます。玉愁さまを一刻も早くお連れしたいので、手をお貸しいただけませんか？」

「その薬が効くのね？　では急ぎましょう。鈴悠もそちらを――」

ぐったりとした玉愁を三方から支えるようにして、門を目指す。道中、侍女が遠慮がちに口を開いた。

「……あの、昨日は大変なご無礼をいたしまして……決して他意があってのことではございませんでした。しかし己の失態に動転してしまい、心にもない言い逃れを……どうかご容赦くださいませ」

「え？　あ、ああ……」

内容から察するに、深雪が池ポチャする事態を招いた侍女当人なのだろう。深雪は顔を確認していなかったけれど、先ほどからの鈴悠の冷えた態度にも納得がいく。

貴人に危害を及ぼした際の責めは、市黎の件で深雪も承知だから、侍女がとっさに保身に回ったのもわからなくない。

「気にしないで。私はこのとおり無事だから。それよりも今は玉愁よ」

門を潜《くぐ》って翠葛宮の前に辿り着いたところで、侍女が小走りに玄関へ向かった。

「人手を呼んできます」

すぐにわらわらと侍女たちが飛び出してきて、玉愁を抱えた深雪と鈴悠を取り囲んだ。

「じゃあ、お大事に。必要があったら、いつでも薬師を呼んで――」

そう言って玉愁を侍女に託そうとしたのだが、囲まれたまま建物内に進まされてしまう。主《あるじ》の異変に、侍女たちもよほど動転しているのだろうか。

「あの、ちょっ……巻き込まれてるんですけど！」

というか、いつの間にか玉愁がいない。急ぎ看護されているならいいのだがと思っていると、深雪は強く手を引かれた。手を握っているのは、先ほどの侍女だ。

「お后さま、どうぞこちらへ――」

「え？　いや、送り届けただけだし、用が済んだからにはお暇《いとま》しないと」

そう返す深雪の言葉などまるで聞こえていないかのようで、奥まった一室へと連れ込まれた。

窓からは裏庭に当たるのだろうか、薔薇《ばら》の園が見える。冬薔薇が深紅の花を開いていた。

室内は紫檀《したん》の調度でまとめられ、いくつもの火鉢が置かれて暖められていた。全体に典雅な趣味の部屋で、玉愁のイメージからするとちょっと地味だから、前の住人の好みだろうか。

勧められた椅子に腰を下ろした深雪は、鈴悠の姿が見えないことに気づいた。

「あら？　鈴悠は？」

「侍女どのでしたら別室に。当家の若い侍女と話が弾んでいる様子でございます」

ほほほ、と笑う侍女に、深雪は黙ってぎこちなく笑みを返し、いつの間にか出入口を固めるように並び立つ他の侍女を盗み見た。

……それはない。鈴悠はそばを離れるなんて絶対しない。

不穏な気配に腰を浮かしかけると、閉ざされていた扉が開き、玉愁が姿を現した。

「お后さま、ようこそお運びくださいました。改めてご挨拶させてくださいませ。洞州《どうしゅう》埜《そ》布《ふ》県《けん》太守《たいしゅ》の娘・玉愁にございます」

今日も玉愁はばっちりとメイクをしていて、髪もなにか催しでもあるのかと思うくらい高く結い上げて、これでもかと簪《かんざし》を挿している。先ほどは俯《うつむ》いていたので気づかなかったが――。

って、全然元気そうなんですけど!? さっきまで自力で歩けなかった人じゃないでしょ！ どんだけ効果絶大な薬なのよ？

いや、そうではない。急病なんて真っ赤な嘘だったのだと認めるしかない。玉愁の芝居にまんまと騙《だま》されたのだ。

……でも、具合が悪いって言われて、目の前で助けを求められたら、手を貸さずにいられないじゃない。うかつだったのは、もちろん認めるけど……。

「もうよくなったの？ どうなることかと心配だったから、なによりだけれど」

せいぜい嫌味を込めたつもりだったが、玉愁はまったく気にも留めなかった。

「大切な御子がここにいるのですもの、具合が悪くなってなどいられませんわ」

誇らしげに、見ようによっては見せびらかすようなしぐさで、自分の腹を撫でる。薄手の衣装なので、せり出し始めた腹部が見て取れた。深雪はつい見入ってしまう。あの中で廉威の子どもが育っているのかと思うと、不思議な気持ちだ。

「……気づきませんでしたが、ずいぶんとお腹が大きくなってきているのですね」

「はい。日々膨《ふく》らんで、最近は動きも感じ取れるようになりましてございます」

玉愁は深雪を挑発するような笑みを浮かべたが、今はもう羨《うらや》ましいとか妬《ねた》ましいという感情はなかった。いつか深雪がいなくなっても、廉威のそばにひとりでも血縁が増えればいい。

「それは楽しみなこと。心身ともに安らかに過ごして、元気な御子を産んでくださいね」

本心からそう思っているし、それを玉愁にも知ってもらって、いたずらに敵認定するのをやめてほしいと願って言ったのだが、玉愁は赤い唇をわずかに歪めるようにして微笑んだ。

「当然でございます。わが身に宿っているのは、お慕いする主上の第一子……お世継ぎの可能性も充分にございますもの。万難を排してお誕生をお迎えいたします」

濃い睫毛《まつげ》に縁どられた双眸《そうぼう》が、睨《ね》めつけるように深雪を見据えた。

……うーわー……だめか……。

その目つきはどうひいき目に見ても、深雪に対して好意的とは感じられなかった。むしろ敵意しかない。

内心困惑《こんわく》する深雪の前で、玉愁は笑みを浮かべながら腹を撫で続ける。

「心身ともに安らかに——お后さまがそうおっしゃってくださるなら、幸いでございます。お力添えを賜《たまわ》れますれば、なお嬉しゅうございます」

「ええ、それはもちろん——」

深雪の脳裏に、昨夜の子規の言葉が去来する。

『それもまた可能性の話でございます。しかも、かなり確率が低い』

そう……そうだよね……言ってることはどうでも、こんなに顔と態度ににじみ出てるもん。

私がなにをしようと、どう考えていようと、玉愁にとっては邪魔者以外のなにものでもなくて、それは変わらないんだ……。

そう考えている玉愁が、こんなに強引な手を使ってまで、深雪をここに連れ込んだということは——。

「失礼いたします」

静々と茶器を運んできた侍女が、深雪と玉愁の前に器を置いた。湯気の立つ茶は、甘い蜂蜜の香りがする。少々強すぎるほどの香りだ。

匂いで気取られないように……とか？

琥珀《こはく》色の茶を見下ろす深雪は、お茶請けに並んだ果実の砂糖漬けや、饅頭《まんじゅう》にも気づかずにいた。

「……あの、私そろそろ——」

とにかくここはなにも気づかないふりで帰るしかないと、腰を浮かしかけながら戸口を振り返ると、先ほどよりも増えた侍女たちが扉の前に立ち塞がっていた。意地でも逃がさないといいう算段か。

玉愁は喉を鳴らして笑う。

「おかしなお后さま。まだひと口も召し上がっていらっしゃらないではございませんか。お后さまのために特別に配合したお茶ですのよ。どうぞお召し上がりになって」

「いや……そう喉も渇いていないし――」

「まあ」

玉愁は妊娠中期とは思えない身軽さで動くと、侍女の手から急須を受け取った。座り直した深雪の前に迫り、顎《あご》に手をかける。長い爪が皮膚に食い込んだ。

「お力添えくださるとおっしゃったではございませんか。お后さまにしかおできにならない大事なお役目がございますのよ」

傾けた急須から茶がしたたり、深雪の裙《くん》を濡らす。

「あら、失礼。ちゃんとお口を開けてくださらないから」

「……わ、私……猫舌なので、急須から直はちょっと……」

「ご心配には及びませんわ。熱さなどすぐに気にならなくなります。今度こそちゃんと仕留めて差し上げますから」

深雪は椅子から飛び退ったが、群がるように近づいた侍女に両手を掴まれ、身動きを封じられた。

玉愁は勝ち誇るように高笑いを響かせ、ゆっくりと深雪に近づく。

「芫《げん》の公主だかなんだか知らないけど、あんたじゃまなのよ。そりゃあお后になれるなんて思ってなかったけど、妃を追い出すなんてなにさまのつもり？　子どもも作れないお后なんて、役立たずもいいところ。さっさと死んで、せめて私の役に立ちな！」

一転した玉愁の口調も衝撃だったが、不妊を突かれたのが痛かった。いや、その裏で、深雪がここにいることを否定されたようで、胸に刺さった。

……でも、私は廉威のそばにいたいんだもの！

この世界にこうしているのが、転生だか憑依だか知らないけど、摂理になんて従えない。ギリギリまで足掻《あが》いてやる。だからもちろん、ここで死ぬわけにはいかない。廉威の帰還を出迎えるのだから。それからまた一緒の日々を過ごすのだから。

「……廉威ーっ！」

遠く離れた旅路にある廉威に届くはずがないとわかっていても、叫ばずにはいられなかった。それに運がよければ、後宮のどこかに潜んでいる市黎の耳に届くかもしれない。

「どこまでも思い上がった、とんでもない女ね。主上の御名を口にするなんて——」

玉愁が罵《ののし》ったと同時に、板を蹴破るすさまじい音が響いた。室内の全員が一斉に目を向けると、瀟洒《しょうしゃ》な透かし彫りを施した窓が破られ、そこから武装した兵がわらわらと飛び込んでくる。

その筆頭は――。

「廉威……！　どうして……」

「深雪《しんせつ》が呼んだからに決まっている」

そんなはずはない。廉威は今ごろ、景州にある神殿を詣でている。昨日の件を報告すると言っていた子規が、たとえ木霊鳥を飛ばしたとしても、本人が戻ってくるまでには数日を要するはずだ。

しかし、目の前には廉威がいた。出立したときの旅支度とも違い、革の鎧《よろい》をまとって刀を佩《は》いている。帯には深雪が選んだ菱《ひし》の実の根付が揺れていた。襟元を緩めた内衣には、前衛的な龍の刺繍が見え隠れしていた。

わけがわからないながらも、思いがけない再会に胸をいっぱいにしている間に、市黎を始めとする兵たちによって、玉愁と侍女たちは捕らえられていた。

「主上、なにか誤解しておいでででございます！　私はお后さまとお会いしていただけで――そう、お后さまが突然いらっしゃったのです。珍しい茶葉が手に入ったから、身重の身体にもよいと――」

髪を振り乱して暴れながら訴える玉愁に、母体に影響はないのかと深雪はハラハラした。

廉威はわずかに口元を歪めるような笑みを浮かべていたが、その双眸は怒りの炎に揺らいで玉愁を見据えていた。

「ほう、附子草《ぶしそう》を茶にするとは豪気なことよ」

附子……って、もしかしてトリカブト⁉

今さらながらとんでもないものを飲まされそうになったのだと、深雪は震えた。廉威が深雪の肩を抱き寄せる。

玉愁は一瞬目を険しくしたものの、すぐに大仰《おおぎょう》に嘆いた。

「附子草ですって！　ああ、なんということでしょう……危うく命が……いいえ、私のことよりも、お腹の御子が！　お后さまといえども許せませぬ！　尊き主上の御子を――」

「俺ではなく、洪徳永《こうとくえい》の子だろう」

廉威がさらりと言い返すと、玉愁ははっと顔を上げて呆然《ぼうぜん》とし、それから地団太を踏んで暴れた。

「存じませぬ、そんな男！」

「向こうはおまえをよく知っているようだぞ。まあ、真偽は後日改める。男が到着したら、揃って取り調べてやるから待っていろ」

廉威が顎をしゃくると、玉愁たちは兵に連れ出されていった。

……なに？　なんなの？　どういうこと？　洪徳永って誰……？

わけがわからないことだらけで、深雪は頭がくらくらした。しかし廉威の腕が深雪を抱いているることだけは間違いない。

そっと顔を上げると、廉威が微笑を返してきた。

「初めて俺の名を呼んだな」

9

廉威《れんせい》は深雪《みゆき》を金蓮宮《きんれんきゅう》まで送り届けた後、外朝へ向かった。

呼び止めて訊《き》きたいことは山ほどあったけれど、仕事のじゃまをするわけにはいかない。なにしろ金蓮宮の前には、深雪と同じくらい口を開きたがっている様子の活子規《かっしき》が、廉威を待ちかまえていたのだ。

深雪もまた少し落ち着く時間が必要だった。もっとも、別室に閉じ込められていた鈴悠《りんゆう》に再会を果たしたとたん大泣きされてしまい、

『かくも至らぬ私など、お暇《ひま》を頂戴するよりほかにお詫《わ》びのしようもございません！』

と嘆くものだから、鈴悠の忠告に背《そむ》く結果になった自分に非があること、鈴悠の身まで危険に晒《さら》してしまったこと、鈴悠は深雪にとって必要不可欠な侍女であることを、心から詫びて説明しなければならなかった。

「本当に悪かったと思ってるわ。親身に思ってくれる皆に、迷惑をかけてばかりで……改めま

す」

どうにか落ち着きを取り戻した鈴悠は軽食を用意してくれ、深雪はありがたく腹を満たした。なにも気にすることなく美味しいものが食べられるというのは、なんて幸せなことだろう。

ふと目をやると、花台に白椿《しろつばき》が活けられていた。

「寧朱行《ねいしゅぎょう》さまからのお見舞いでございます」

「朱行が？　わ、どうしよう……なんともないのに、心配かけてしまったわ」

本当に、皆が気にかけてくれている。その彼らに、少しでも報いることができるように努めよう。

后《きさき》という記号だけで見られるのは嫌だと思っていたくせに、深雪だって彼らを臣下や侍女だから、と思っていなかっただろうか。たしかにさまざまな役職に就いているけれど、基本は人と人だ。つきあううちに相手の気質を知り、個人的な感情も持つ。立場や身分を抜きにして好意を持ってくれ、気にかけて心配してくれることもあるだろう。そんな想像が及ばなかったから、自分の思うままに動き回り、結果として騒ぎを起こすことになったのだ。

ずいぶん遅くなってしまったけれど、気がつけてよかった。こんな深雪を好いて思いやってくれる人たちに、自分も誠意をもって向き合っていこう。彼らも深雪にとって大切な存在だ。

ずっとここで生きていきたいなあ……。

廉威がやってきたのは、日もすっかり暮れてからのことだった。

迎え出た深雪は、真っ先に廉威に謝罪した。

「大騒ぎを起こしてしまって、心配をかけてごめんなさい」

深く身を折った深雪の頭に、廉威が触れる。

「騒ぎを起こしたのは深雪ではないだろう。それに、謝るなら俺のほうだ」

「えっ……」

顔を上げると、廉威は深雪をきつく抱き締めた。

「恐ろしい目に遭《あ》わせてしまった、許せ……しかしもう、二度とこんな事態は起こさないと誓う」

衫《ひとえ》に袖なしの上衣を重ねた衣装に着替えた廉威からは、嗅ぎ慣れた沈香《じんこう》が香って、深雪の胸に嬉しさと愛《いと》しさが込み上げる。

「主上《しゅじょう》……お会いしたかった……！　おかえりなさい……」

「俺もだ。何年も会えなかった気がする。さあ、もっとよく顔を見せてくれ――」

そう言って深雪の頬を包んだ廉威は、視線を合わせる間もなく唇を重ねた。ここが寝間でもなく、人の目がある廊下なのもどうでもいいくらい、深雪もまた廉威に抱きついて深くくちづけを交わした。

女官の咳払《せきばら》いに、ようやく抱擁《ほうよう》を解き、互いに肩を竦《すく》めて忍び笑う。

「お部屋でおくつろぎくださいませ。お茶をご用意いたします」

「いや、寝所に運んでくれ」

居間を素通りするという廉威の言葉に深雪は焦《あせ》ったが、切れ長の目が笑みを浮かべた。

「いろいろと話があって、長くなりそうだ。そうだろう？」

深雪ははっとして深く頷《うなず》いた。そうだ。なにがどうなったのか、わからないことだらけなのだ。訊《たず》ねたいことは山ほどある。

寝室の長椅子に並んで座り、卓にお茶や菓子が並ぶ間も、深雪はそわそわしていたのだが、廉威は一向に口を開く様子がなく、深雪の髪を弄《いじ》ったり、指を絡めたりしていた。やがて侍女が退出したところで、お茶をひと口飲み、深雪の顔を覗き込む。

「なにが訊きたい？」

「なにって……わからないことが多すぎて、なにから訊けばいいのかもわかりません」

ふむ、と廉威は頷き、深雪の肩を抱き寄せた。

「では、ことの起こりから……玉愁《ぎょくしゅう》が子を生《な》したと訴《うった》えてきてすぐに、使いを洞州《どうしゅう》に向かわせた。計算上、否定はできずとも、それだけで鵜呑《うの》みにすることはできまい？　なにしろ菱王《りょう》の胤《たね》だということだからな」

なにを他人事のように、と思ったけれど、先刻の状況を振り返ると、玉愁の腹にいるのは廉威の子ではなかったようなのだ。

「あ、洪徳永《こうとくえい》というのは――」

まあ待て、と廉威は話を続けた。

使者はまず、玉愁の養家を訪《たず》ねた。すでに玉愁から妊娠を聞かされていて、養父の太守《たいしゅ》は小躍りせんばかりの喜びようだったという。

それはそうだろう。もとより後宮へ上げるのが目的で、玉愁を養女にした。妃となって期待していたところを、後宮閉鎖で実家に帰され、肩を落としていたところにまさかの懐妊だ。太守としては、あわよくば男子に恵まれて、自身の地位も跳ね上がるかもと胸算用に浮かれていた。

養家近辺の状況は予想どおりで、別働隊は洪徳永の確保に取りかかった。

「この男は洞州のそこそこの商家の末子でな、まあ俗にいう放蕩《ほうとう》息子だ。養女になる前の玉愁とは幼馴染であり――腹の子の父親だ」

「……えっ？　ええ？　だって……」

あの場で廉威がそれらしい発言をしたのは覚えている。しかし改めて考えてみると、それは不可能なのではないだろうか。

だって……計算は合ってるんでしょ？　それなら、後宮にいた玉愁が洪徳永の子どもを身ごもれるはずがない。

深雪の表情からそれらを読み取ったのか、廉威は口端を歪《ゆが》めるように笑った。

「香杏宮《こうきょうきゅう》に外部からの出入りがあるという報告は、以前からあった」

「ええっ……？　それって」

「香杏宮が物取りだ、狼藉《ろうぜき》だと騒がないなら、そういうことなのだろうと思いはしたが、はっきり言って興味がなかった。処罰するのも面倒で、それで玉愁がおとなしくしているなら、一向にかまわぬと。ただ、相手の素性だけは確認しておきたかったので、以降はずっと動向を探らせていた」

これって……NTR《寝取られ》ってやつなんじゃないの……？

深雪の頭をネット用語が過《よぎ》ったが、それにしても廉威は冷静というかドライというか。王さまと妃の間に恋愛感情がないのはともかく、プライドとか沽券《こけん》とかが許さないのではないだろうか。

「あの……、面目とか気にならなかったんですか？」

深雪の問いに、廉威はふっと口元を緩めた。

「そもそも表沙汰にせぬ。対外的に影響がないなら、かかわるだけ時間の無駄だ」

……そういうものかな……王さまの思考回路ってわからん……。

廉威は深雪に向き直って、頬に沿って垂らした髪を指先に絡めた。その指を唇に押し当てる。髪に神経が通っているはずもないのに、まるで肌に触れられたように感じた。

「不思議だな……その俺が、おまえが市黎《しらい》を庇《かば》ったときには、あり得ないと思いながらも嫉妬《しっと》した」

「……一緒にしないでください。っていうか、髪も離して——」

髪だけじゃない。深雪を見据《みす》える双眸《そうぼう》の色にまで、胸が騒いでしまって話を聞くどころではなくなりそうだ。

「深雪の反応が楽しくて、やめられなくなる——そうだな、どっちつかずになりそうだ」

頬に唇を押しつけられ、先ほどまでよりも強く引き寄せられた。もうほとんど胸に抱かれている。

「ここからは、捕らえた洪徳永を尋問して聞き出した話だ——」

帰郷後ほどなくして妊娠に気づいた玉愁と洪徳永は、時期が合うのを幸いに一計を案じた。すなわち腹の子を廉威の胤として訴え出て、後宮に返り咲くことだ。子どもが男子なら、次期国王となる可能性も高い。

事実、廉威の胤かもしれないし、真偽は確かめようがない。むしろ表面的にはそれ以外あり得ないのだから、玉愁には堂々と上殿させた。

「……なんていうか、安易というか杜撰《ずさん》というか……」

聞いている深雪のほうがくらくらしてくる。大それた企《たくら》みを、よくもまあお手軽に行動に移したものだ。よほど肝《きも》が据わっているのか、はたまたなにも考えていないのか。

「たしかに洪徳永のほうが稚拙《ちせつ》で、問題は玉愁だ。後宮に入ってから、たびたび直接話をしたが、なかなか尻尾を掴ませぬ」

それを聞いて、深雪は意外に思った。

「すでに不審に思っていたんですか？」

当時の廉威は玉愁の懐妊を喜んで、足繁く翠葛宮《すいかつきゅう》に渡っていたのだとばかり思っていた。

「当然だ。様子を探るのでなければ、なぜあの女に時間を割かねばならぬ。そんな暇があれば、おまえの顔を見ているほうが、比べものにならないほど有意義だ」

深雪は今さらながら胸が熱くなった。廉威は玉愁に気移りしたわけではなかった。一瞬でも疑ったり、嫉妬したりしたことを、申しわけなく思う。

「ごめんなさい。私……誤解していました。主上が前ほど一緒にいてくださらなくて、それは御子が誕生するからというだけでなく、もしかしたら玉愁に魅力を感じているからなのかと焼きもちを——」

「あり得ぬ。俺の目にちゃんと映るのは、深雪《しんせつ》だけなのだぞ。しかし嫉妬してくれていたとは、嬉しいことを聞いた。あの女が役に立ったとすれば、それだけだな。しかしおまえに対する暴挙の数々は、決して許せるものではない」

すでに確信は持っていたものの、玉愁が誰の目から見ても明らかな言動を取るまでは、廉威もまた行動を起こせないと考えていた。再発を防ぐためにも、処罰するからには徹底的に断ずるつもりでいた。

そこで廉威は安産祈願を名目に、宮城を離れることにした。しばらく廉威の目がなければ、きっと玉愁は動くと判断してのことだ。

それまでの玉愁を見ていても、また企みの筋を読んでも、我が子を王位に近づけるために、ひいては己が権力を手中にするために、狙うのは后の深雪《しんせつ》だと考えられた。深雪《しんせつ》に子どもができれば、玉愁の計画は崩れる。それを阻止するには、早々に深雪《しんせつ》を排するのがいちばんだ。

「しかし、おまえの身に万が一のことがあっては意味がない。だから市黎を後宮に配した。奴の能力は信用しているからな。もっとも、詳しい事情を打ち明けておらなんだから、後手に回ったこともあったようだ。それに関しては反省している」

「つまり……私は囮《おとり》のようなものでしたか……」

そう呟《つぶや》くと、廉威は苦笑した。

「断じて軽んじてのことではない。市黎以上に信用している。気概《きがい》を持ち、機転もきく深雪《しんせつ》だから、安心して任せられる――と、策を練る理性では判断したものの、感情がついていかずに難渋《なんじゅう》した」

景州までの参詣と偽って、廉威一行は王都の中に潜伏していた。頻繁に使いを出して、後宮の様子を確認していたが、昨夜、活子規から木霊鳥《こだまどり》の伝言で深雪が赤長に襲われたと知り、辛抱できずに早朝から後宮内に潜《ひそ》んでいたのだった。深雪が翠葛宮に入ってからは、建物を取り囲むようにして、時期を見計らっていた。

「……そうだったのですね」

話を聞き終えて、深雪は大きく息をつく。

「でも、それでは尚書令《しょうしょれい》にも事情を伝えていなかったのですか？　だからあのように……」

金蓮宮に戻ってきたとき、活子規が目を三角にしていたのを思い出した。

「謀《はかりごと》は知る者が少ないほどいい。とはいっても、いろいろと不備があったのは認める。ことに子規を外したのはまずかった。知っているか？　奴は意外と根に持って、ぐちぐちと恨み言を繰り返す質だ」

金蓮宮に来るのが遅かったのは、そのせいもあるのだろうかと、深雪は想像して思わず笑ってしまった。

廉威はすっかり冷めてしまったお茶を飲み干し、深雪を見る。

「まあこんなところだが、他に知りたいことはあるか？」

「あります！」

深雪は勢い込むあまり、身を乗り出すだけではなく、教師にアピールする生徒のように挙手した。ずっと訊きたかったのだが、話の腰を折ってしまうのでタイミングを見計らっていたのだ。

「なんなりと答えよう。しかし、まだなにかあっただろうか……」

廉威は顎《あご》に手を当て、膝を組む。久しぶりに見る気取った決めポーズだが、今はそれを気にしている場合ではない。

「あの……、その、間違いないんでしょうか？　万が一にも主上の御子である可能性は――」

「ない」

そんなことかというように、廉威はきっぱりと否定した。

どこから出るの、その自信。だって、することしてたんでしょ？

「でも……」

廉威は顔の前に人差し指を立て、秘密だと目配せをした。

「子どもは生《な》さぬようにしていた」

「どうやって!?」

食い気味の深雪の訊き返しに、廉威はおかしそうな顔をする。

「笑いごとじゃありませんよ！　私、真剣に訊いてるんですけど！」

この世界に避妊具はない、と思うのだ。あっても王さまは使わないだろう。むしろ子どもをじゃんじゃん作らなければならない立場だ。それに、そんなものを使ったら、さすがに相手だって気づくだろう。

「王家には伝来の秘薬がある」

……なに、それ……？

予想外の回答に、あんぐりと口を開けてしまった深雪だが、考えてみれば前の世界にもピルがあった。廉威の口ぶりからして、使用するのは男性側のようだが、そういったものが存在しても不思議ではない。

いや、現代にもあったのかな……？　縁遠かったから、寡聞《かぶん》にして知らず。

「王の子は、母方の出自も政治的に重要だ。しくじれば、それこそ災《わざわ》いの種となる。どの女との間に子を生すかは、それなりに操作が必要――」

うーん、意外にハイテクでシビア。いや……、鳥以外にも空を飛ぶ生き物がいるし、廉威だって天馬を作っちゃうくらいの呪力がある王さまだし、その薬とやらもファンタジー的な産物なのかな？

「まあ、妃のもとに渡らぬのがいちばん簡単なのだが、立場上そうもいかず……渡っておいてなにもなしでは、妃も不信と不満を持つ。苦肉の策というところだな」

「わ、わかりました……それで、主上はこれまでその薬を使ってきたというわけですね？」

それなら深雪が妊娠しなかったのも、薬のせいなのだろうか。しかし廉威は当初から、深雪に世継ぎを産むことを望んでいたはずだ。

「これまでに、ひとりとして子を生そうと思った相手はいない。深雪《しんせつ》以外は」

「え……」

一瞬のわずかな期待はたちまち消え去って、深雪は肩を落とした。

「……じゃあ、子どもができないのは私のせいです……」

肩に廉威の手の温もりを感じた。

「なにを言う。夫婦になって、まだ年の半分も過ぎていない」

廉威の手に手を重ねたい気持ちをこらえて、かぶりを振った。手を握ったら、さらに執着《しゅうちゃく》が強くなる。それを抱えて元の世界に引き戻されたりしたら、きっともう深雪には絶望しかない。

生きることがこんなにも素晴らしいと教えてもらったから、たとえ未来に廉威がいなくても人生をまっとうすると決めた。その意思が挫《くじ》けないようにするためにも、これ以上廉威に執着してはいけない。

お互いに思い出しか残せないのね……。

そう考えると寂しくて、せめて少しでも強く廉威の記憶に残るようにと、深雪は真実を打ち明けることを決心した。

「私……莞《げん》の公主だった深雪《しんせつ》ではありません」

「おかしなことを。今だから言うが、輿入《こしい》れのときにはこちらの使いが密かに行列を見守っていた。それこそ莞の宮城を出るところからずっと——いや、正直に言おう。宮城にも間者《かんじゃ》を放ってあった。偽者を送り込んできたらすぐにわかる」

廉威の否定に、深雪は緊張の唾《つば》を飲み込んだ。

「この身体は公主のものです。でも、中身は——心は……別の世界の篠沢深雪《しのさわみゆき》という女です。姿かたちだって、公主とは似ても似つかない。なぜそうなったのかはわかりませんが道中、突然私の意識は目覚めました——」

深雪は、交通事故に遭って意識が途切れたこと、それまで自分が生きてきた世界の大まかな輪郭などを、思いつくままにとぎれとぎれに話した。まさに別世界で、廉威に理解してもらえるように伝えるのは、とてもむずかしい。事故の状況だけでも、トラックとはどういうものかから説明しなければならなかった。

そして、愛読書だった『銀龍金蓮《ぎんりゅうきんれん》』のこと――。

「――ここは、その物語の世界によく似ています。たとえば『毒払い』や毒消し、木霊鳥も話の中に出てきて、どうすれば利用できるか知っていました」

深雪が目を上げると、廉威はむずかしい顔をして考え込んでいるようだった。きっとばかげた話以外のなにものでもなく、一笑に付されるか、深雪の頭がどうかしたと心配されると思っていたのに、理解しようと努めてくれているのだろう。その気持ちが嬉しくもあり、そんな廉威と生きていけないことが身を切られるようにつらい。

「否定したいところだが――」

呟くような廉威の声に、深雪の目が潤む。

これまでの深雪の言動を振り返れば、変り者だからで片づけきれない、説明がつかないことがいくつもあると、廉威も認めないわけにはいかないのだ。

「おまえがあえて嘘をつく理由が見つからない」

それを聞いて、深雪は目を閉じて深く息をついた。頬を涙が滑り落ちる。

廉威に納得してもらえて、本当の自分を知ってもらえてほっとした反面、ひどく悲しい気もした。

「しかし、それがなんだと言うのだ？」

続いた言葉に、深雪は目を開けて廉威を見つめた。目縁に溜まった涙のせいで、廉威の顔がぼやける。少しでもたくさん、ちゃんと目に焼きつけておきたいのに。

廉威は指先で深雪の頬を拭った。

「中身が別人だろうと、俺の妻は今のおまえだ。それでよかったと思っている。いや、そうでなければこれほど愛《いと》しいと思わなかっただろう」

頬を撫《な》でた手が後ろに回り、深雪を抱き寄せる。

「話を聞いても、おまえへの気持ちは寸分変わらぬ」

一度止まった涙が溢《あふ》れ出て、廉威の胸を濡らした。

「私も……っ、私も主上が好きです……」

気持ちは止められない。止め方なんて知らない。なにをしたって、廉威への想いは大きくなる一方だ。

どちらからともなく唇を重ね、息も絶えそうなくらい貪《むさぼ》った。牀《しょう》の中で忘我に陥《おちい》っているときならともかく、こんなに激しく廉威を求めたことなどない。頭の隅で、慎みがないと思われるのではないかと気になりはしたけれど、それでも抑えられなくて、これが自分だと開き直った。

だって……どんなにしたくても、できなくなるかもしれない……。

ようやく唇が離れたときには、髪も乱れてひどいありさまだったらしく、廉威が鬢《びん》のほつれを撫でてくれた。

「先ほどの話を聞きながら思ったのだが、転生という可能性はないのか？　死んだ者は新しい命に生まれ変わると主張する学者もいる。そういった仕組み自体を本気にしたこともなかったが、おまえの話を聞くと当てはまる気がする」

「私もはじめはそう思ったのですが、その場合、前世の記憶を蘇《よみがえ》らせるという形になるのではないでしょうか。私の場合は目覚めて以来、意識は前の世界の自分なんです。それこそ乗り移ったかのような……でも、それ以前にこの世界で見聞きしたことの記憶もあります。だから、本来この身体の主である公主を押しのけて居座っているような状態というか……公主の記憶があるということは、いずれ元に戻るのだろうと思います——」

深雪は廉威の手を握り、それに頬ずりした。

「だから、急に私が消えても、それが本意だと思わないでくださいっ……」

そして、私を忘れないで——。

「案ずるな」

廉威は深雪の手を握り返して、指先に唇を寄せた。

「そのときは、俺がおまえを追いかける。俺を誰だと思っている？　菱王にできぬことなどない」

深雪を見上げる双眸は、頼もしいほどの自信に溢れて見えた。

「……悪いようにはしない、ですね」

深雪も笑みを返した。

実際にできるかどうかは問題ではない。そう言ってくれることが嬉しい。

深雪がくしゃみをすると、廉威は深雪の衣装に手をかけた。長衣を脱がされ帯も解かれ、内衣だけにされる。

「夜も更けたな。冷えてきた」

「言葉と行動が合ってませんけど」

「俺が温めてやろうと言うのだ」

廉威は自らも上着と衫《ひとえ》を脱ぎ捨てると、深雪を抱き上げて牀へ向かった。

並んで横たわり、深雪は廉威の胸の中で、沈香を深く吸い込んだ。

「ミユキ……と言ったか」

ふと本当の名前を呼ばれて、深雪は顔を上げた。廉威がわずかに首を傾げる。

「違ったか？」

「いいえ、そうです。なんだか不思議な気がして……」

「おまえの名だろう。早く言えばよかったものを。ずっと別の名を呼んでいた」

ちょっと不満げなのは、間違いを指摘されたような気分なのだろうか。

「間違いではありませんから――」

「そう呼びたかったのだ」

廉威がこだわってくれることが嬉しい。この世界に深雪がたしかにいるのだと、安心させてくれる。

「本当に間違いじゃないんですよ。読み方が違うだけで」

「読み方？」

深雪は頷いて、共通の字があるのだと説明した。

「元の世界では、ここで使う字も多くあります。深雪《しんせつ》もそうですけど、ただ向こうは読み方がいろいろあって、同じ字でミユキという名前なんです。その縁もあって、物語にけっこう深入りしてました」

「深雪《みゆき》……」

廉威は深雪を抱き締めて、名前を呼ぶ。

「なんですか……？」

抱き返しながら訊くと、また名前を呼ばれた。

「だから、なんですか？」

廉威は顔を上げて、深雪の鼻先を指で突いた。

「こういうときは呼び返すものだ」

「そんな決まり、知りませんでした。主――廉威……」

切れ長の目がふっと細められる。

「まだ爪先が冷たいな。熱くしてやる――」

廉威は深雪の首筋に舌を這《は》わせながら、内衣の前を開いていく。下着の紐を解かれてこぼれ出た乳房を手のひらで包み、押し上げるように揉みしだいた。たちまち先端が尖《とが》って、ちりちりと疼く。

「あっ……主、廉……威っ……」

「もっと呼べ」

乳頭を吸われて、深雪はたまらずに身を捩《よじ》った。弾みで内衣が肩から抜け、動きやすくなった手で廉威の衣を開く。肌が触れ合い、熱を感じた。

もっと……。

もっと、燃えるような熱を感じたい。互いを溶かして、いっそのことひとつになってしまえばいい。

廉威の指が秘所に触れる。溢れる蜜を絡めるように指を動かされて、深雪は渇望のままに廉威のものに触れた。身体のどこよりも熱く、力強く脈打っている。

「そう煽《あお》るな」

廉威は深雪の腰を引き寄せ、猛りを秘蕾《ひらい》に押しつけた。

「あ、あっ……」

さらに中に忍び込んできた指で媚肉《びにく》を玩弄《がんろう》され、深雪は昂《たかぶ》っていく。

「やっ、そんな……したら……っ……」

「ああ、温まってきたな」

指を引き抜いて深雪を組み敷いた廉威は、口と手で胸を愛撫《あいぶ》しながら、蜜にまみれた秘裂《ひれつ》を怒張で擦り上げた。ときおり縁を突かれて、深雪は息を呑《の》む。いっそ押し入ってほしいと、身体が焦《じ》れていく。

「だから煽るなと言っているのに」

無意識に腰を揺すり上げ、廉威を呑み込もうとしていたらしい。

「……だって……早く……――んっ、あっ……」

不意を衝いてて廉威が腰を進めた。熱い塊《かたまり》に侵略された肉襞が歓喜に震える。そのまま深雪は達してしまい、腰をびくつかせた。

深雪の反応が明らかだったのか、廉威は動きを止めて見下ろしているようだ。余韻に震える息をつくと、素早く身を屈《かが》めた廉威に唇を奪われる。

「そんなに可愛いと、めちゃめちゃにするぞ」

「……して……ください……」

そう返して肩に腕を伸ばすと、廉威は低く唸《うな》って深雪を突き上げた。

こんなに激しい廉威は初めてだ。いつもは技巧を凝《こ》らして深雪を翻弄し、反応を愉しんでいるようなところがある。たとえ動き自体が激しくても、深雪を観察する冷静さは失わない。

しかし今の廉威は、ひたすら深雪を貪っている。打ちつける力が強すぎて、骨に響くくらいだ。きっと後で痣《あざ》になっていることだろう。

それでも容赦なく挑んでくる廉威が、愛しくてしかたなかった。残らず受け止めて、一瞬だって忘れない。全部が深雪の思い出だ。

終章

玉愁《ぎょくしゅう》とその侍女たち、および洪徳永《こうとくえい》、さらに企《くわだ》てに加担した者たちは、国家を脅《おびや》かす反逆者として処罰された。もっとも重い罰を受けたのは玉愁と洪徳永で、生涯幽閉を言い渡された。

子どもが王位に就いた暁《あかつき》には実父として王宮に迎えると、玉愁に唆《そその》されて行動に出たのだと洪徳永は白状し減刑を願ったが、いち早く王位に就かせるために、玉愁の手引きで廉威の命を狙う計画があったことも明らかになった。さらに妃時代の玉愁との逢瀬《おうせ》を、侍女のひとりに密告されそうになり、彼女を殺したことも判明した。

玉愁はその中で女児を出産したが、すぐに出自を伏せて養女に出された。


「お后《きさき》さま！　お足元にご注意なされませ！」

鈴悠《りんゆう》が毛皮の肩掛けを手に追いかけてくる。その様子は、深雪《みゆき》よりもよほど危なっかしい。

それというのも、今季初めての雪が降ったからだろう。

菱《りょう》は比較的温暖な気候で、冬の降雪も数回、それもうっすらと地面を覆う程度で、翌日には跡形もない。

それが春も近いというのに、どういうわけか昨夜から深々《しんしん》と雪が降り続き、今朝にはやんでいたものの、足首まで埋まるほど積もっていた。

そうなると、外に出ずにはいられない。雪だるまを作ったり、雪合戦をしたりするつもりはないけれど、珍しい天の恵みをそれなりに満喫したいではないか。

「肩掛けをお持ちするまでお待ちくださいと申し上げましたのに」

二度ばかりあわや転倒という危機を免《まぬか》れて、深雪のそばにやってきた鈴悠は、黒貂《くろてん》の肩掛けで深雪を包んだ。

「こんなの持ち出して、もったいない」

「なにをおっしゃいます。主上《しゅじょう》がご用意してくださっておいて、幸いでございました」

深雪は使う機会もないからと断ろうとしたのだが、廉威《れんせい》はなかなかいい毛皮だからと言って、深雪用に仕立てた。

「使ったら手入れが手間じゃない」

「私が責任を持ってお手入れしておきます。それに、日常的にお使いになってよろしいと思いますよ。なにしろ大切なお身体なのでございますから」

鈴悠は自分のことのように誇らしげだ。

そう、驚くべきことに深雪は今、妊娠中だ。蟠桃《ばんとう》が実をつけるころには、赤ん坊が生まれてくる。

廉威の喜びようは大変なものだった。まだ結婚してそんなに経っていないし、むしろふたりきりの時間を楽しみたいとまで言っていたけれど、やはり本当は懐妊を心待ちにしていたのだろう。

深雪のほうは廉威に真実を打ち明けたことで、この世界で最後まで精いっぱい生きようと最終決断をしたところだった。

廉威に負けないくらい嬉しいことだったし、なんとしても元気な子を産みたいと思う。しかし、命を授かったからこそ不安も大きくなった。身体は公主のものだけれど、ちゃんとこの世界で生きていける子どもなのだろうかとか、産む前に元の世界に引き戻されることはないだろうかとか。そんなことになったら、廉威には倍のつらさを味わわせてしまう。

外見からまったくそうとはわからないのに、深雪が妊娠してからというもの、廉威は毎日腹を撫《な》でて話しかけている。彼の愛情の深さを感じて、内心泣きたくなるくらいだ。

「さあ、あまり長居せずにお戻りを。冷えは大敵でございます」

「そのために肩掛けを持ってきてくれたのでしょう」

深雪は言い返したが、鈴悠は眉を寄せる。

「最近、お顔の色が優れません。お元気もないように窺《うかが》えます」

不安が表情に出ていたらしい。周囲に心配をかけてはいけないと、深雪は大げさなくらいに笑顔を作った。

「全然そんなことないわよ。おとなしくしているのに飽きてきたくらい。月子《げっし》も退屈しているだろうし、いっそ遠乗りでも行きたいくらい」

「そっ、そんなこと決してなさらないでください！　本当にいけませんよ！」

「冗談よ。いくら私でも、お腹に子どもがいるのに、そんなことしないわ」

慌《あわ》てる鈴悠を笑っていなしながら歩いていると、葉を落とし、代わりに雪を載せた木立の間に長身の影が立った。防寒用の皮革の上着は、首周りに毛足の長い黒狐の毛皮があしらわれていて、ゴージャスかつワイルドな雰囲気が、廉威によく似合っている。

「やはり外を歩き回っていたか」

お小言だろうかと、深雪は首を竦《すく》める。

「せっかくの雪なんですもの、歩いてみたくなります。でも、もう戻るところですから」

「言っても聞かないのはわかっている。無理に止めて、こっそり窓から抜け出されるほうが大ごとだ」

廉威はそう言って深雪に近づくと、あっという間に抱き上げた。鈴悠を振り返り、

「あとは任せろ。戻っていい。おまえも冷えるだろう」

そう告げると、深雪の重さをものともしない足取りで、池のほとりを進んでいく。

「一緒にお散歩できるとは、思ってもみませんでした」

深雪も抱き上げられて運ばれることになんの不安もなく、廉威の首に腕を回して、肩口に頬を寄せる。ふわふわの毛皮が擽《くすぐ》ったい。

「菱ではまれなほどの雪だからな。ふたりで見ない手はないだろう。いや、三人か……」

連れていかれたのは銀龍宮《ぎんりゅうきゅう》で、長い橋を渡ったところで、ようやく深雪は降ろされた。

「お后さま、お寒くはございませんか？　火鉢をたんとご用意しておりますが、まずはこれをお使いください」

寧朱行《ねいしゅぎょう》が差し出したのは、紅絹の包みだった。中身は固くて温かい。焼いた石を包んだカイロだろう。

「ありがとう、朱行。お茶もいただきたいわ」

「もちろんでございます。僭越《せんえつ》ながら、私がこしらえました干し芋もございます」

「わあ、嬉しい！」

会話の間を割るように、廉威が口を開いた。

「その前に、立ち寄る場所がある。爺《じい》、準備は？」

「鍵は開けてございます」

一礼する朱行を置いて、廉威は深雪を廊下の奥へ誘った。

「どこへ？」

王の私邸に当たる銀龍宮はかなり広い。たびたび訪《おとず》れて見て回っているつもりでも、まだまだ深雪が知らない場所があった。

今、歩いている通路も足を踏み入れたことはない。突き当たりに両開きの扉があり、閂《かんぬき》が外されていた。

「わ……地下？」

扉の向こうは、石の階段が下へと続いている。そこから冷気が上がってくるようだった。

「気をつけろ。ゆっくりでいい」

廉威は深雪の手を取って、先に降りていく。朱行が準備してくれたのだろうか、蜜蝋の明かりが間隔を空《あ》けて点《とも》されていた。

階段を降りきると、そこは天然の洞窟の様相を呈していた。でこぼこした岩壁が上に続き、歪《いびつ》なドームのような天井になっている。

かすかな水音に目を向けると、正面に焚《た》かれている松明《たいまつ》の間から、細い石清水がこぼれ伝っていた。流れ落ちた水は、大石をくり貫《ぬ》いた水盤に溜まっている。いや、わずかな水のしたたりが、途方もない年月をかけて石に穴を穿《うが》ったのだろうか。

「幽鏡泉《ゆうきょうせん》、という。王家の秘宝のひとつだ」

「ゆうきょう……もしかして怖いヤツですか？」

このシチュエーションでオカルトは勘弁してほしい。なにしろ雰囲気満点で、廉威がそばにいてもちょっと怖い。

廉威は深雪を見下ろした。

「水鏡には真の姿が映る」

「えっ……」

「なんとしても口を割らない異国の間者《かんじゃ》や、顔を焼いて身分を偽る者も、本来の姿を露《あらわ》にする。中には、あり得ない生き物の姿も現れたという」

おおう、こんなところにもファンタジー系アイテムが！

「怖いかどうかはわからぬが……深雪も覗いてみるか？　無理にとは言わぬ。俺にとってはなにが映し出されようと、気持ちが変わることはない。ただ、おまえが納得できるなら、これも一案だと思ったまでだ」

深雪は廉威と泉を見比べて、こくりと唾《つば》を呑《の》み込んだ。

覚悟はしている。元の自分の姿が映ったら、むしろいざというときのために、準備ができるというものだ。自分の心の、そして残してしまう廉威に対しての――。

「……見ます」

湿った石の床を、慎重に一歩ずつ進む。いっそどこまで歩いても、辿《たど》り着かなければいいとも思う。

しかし、ついに水盤の前に立った。わずかではあるが、絶えず流れ落ちる水のせいで、水面は揺らいでいる。これではまともに像を結ぶことなどできないと思っていると、ゆっくりと水面が平らになっていった。

「あ……」

まさに鏡のようにはっきりと、顔が映った。古代中国風に結われた髪に珊瑚《さんご》の笄《こうがい》をあしらい、襦裙《じゅくん》の上から黒貂のショールを巻いているその顔は、菱王の后だ。この世界の鏡よりもずっと鮮明に、そのままを映し出している。現代日本に生きた、篠沢深雪《しのさわみゆき》の姿はどこにもない。

深雪が驚きに口元を手で覆うと、しかし水鏡はそのままだった。よくよく見れば、映像は薄く微笑んでさえいる。では、そのまま鏡として映し出されているわけではないのか。

立ち尽くす深雪の肩に、そばに立った廉威が手を置いた。映像には廉威の姿が加わったが、肩に手を置いてはいない。

「これが答えということだな」

深雪は驚きに目を瞠《みは》ったまま、廉威を見上げた。

「……こんな……ことって……」

「生まれ変わりではあるのかもしれないが、おまえがこの世界の住人なのは疑いようがない。なぜだとかどうしてだとかは訊《き》くなよ？　俺は前世の記憶がないから知らぬ」

理由などどうでもいい、事実があれば充分だと言わんばかりに、廉威は雑に締めくくった。

深雪はもう一度水鏡に目を落とす。菱の王と后が並んでいる。そしてふたりは微笑んでいる。たしかにそれで充分だと思えた。

はっきりとしたことはわからなくても、深雪はこの世界にいて、廉威と愛し合っている。それがいちばん大切なことで――真実だ。

「さあ、納得したら行くぞ。いつまでもこんなところにいたら、外にいるよりも冷えてしまう」

肩を抱かれて頷《うなず》き、深雪は廉威と洞窟を後にした。

END

あとがき

こんにちは、浅見茉莉です。この本をお手に取ってくださり、ありがとうございます。

今回は、いわゆる異世界転生ものです。まったくの初ネタというわけではないのですが、ふだんとは違うところで手間取ることが多かったです。舞台設定を古代中国風にしたのが運の尽き……欲しい単語を見つけるまでに時間がかかる。見つけても読み方に不安が残る。西洋ものでも日本の時代ものでもそうなのですが、古代中国はさらに大変でした、私的に。でも、あのきらびやかで、どこか薄暗くおどろおどろしい感じは好きなんですよね。

ヒロインは好きな小説世界の主人公になってしまうわけですが、誰しも一度くらいはそういう想像をしたことがあるのではないかと思います。お気に入りのシーンを自ら主役となって演じるくらいなら楽しめそうですけれど、人生そのまま続けてくださいってことになったら、絶対勘弁ですよね。地味でもつらいことがあっても、自分用の人生を生きたいじゃないですか。

だからヒロインも、別人の生活を送りながらも、自分らしく生きようと模索しているのだと思います。

そんなヒロインをちゃんとしっかり守ってくれるヒーローを用意したつもりでしたが、ヒロインにとっていちばんのネックはヒーローだったとも言えるような。うーん、うまくいかないものです。

カバーイラストは、山田シロ先生に描いていただきました。華やかで鮮やかな美男美女で、小躍りしております。

担当さんを始めとして制作に携わってくださった方々にもお礼申し上げます。ことに担当さんには最後の最後までお手数をおかけしました。

お読みくださった皆さまもありがとうございました！　一時でも楽しんでいただけたら嬉しいです。

それではまた、次の作品でお会いできますように。